AF556081

Shani Upasana

शनि उपासना

Shani Upasana

Published in Sanskriti Press
by Rupa Publications India Pvt. Ltd 2026
161-B/4, Gulmohar House,
Yusuf Sarai Community Centre,
New Delhi 110049

Sales centres:
Bengaluru Chennai
Hyderabad Kolkata Mumbai

P-ISBN: 978-93-5352-545-3
E-ISBN: 978-93-5352-129-5

First impression 2026

10 9 8 7 6 5 4 3 2 1

Printed in India

Contents

भूमिका

भारतीय आध्यात्मिक परंपरा में शनि वही शक्ति हैं जो मनुष्य को उसके वास्तविक स्वरूप से परिचित कराती है। उनके नाम के साथ जो अनुभूति आती है, वह भय नहीं—अपने कर्मों का साक्षात्कार है। शनि दंड नहीं देते, बल्कि जीवन का वह संतुलन स्थापित करते हैं जहाँ सत्य, धैर्य और नैतिकता ही मार्गदर्शक बन जाते हैं। उनकी उपासना किसी अनुष्ठान मात्र का रूप नहीं, बल्कि आत्म-अनुशासन, आत्म-शोधन और विवेकपूर्ण जीवन की साधना है। यह पुस्तक शनि के इसी गूढ़ और प्रायः गलत समझे गए स्वरूप को नए, सरल और आध्यात्मिक दृष्टिकोण से प्रस्तुत करती है—जहाँ शनि भय के नहीं, बल्कि बोध, स्थिरता और कर्म-संतुलन के देवता के रूप में आपकी जीवन-यात्रा के साथी बनकर उभरते हैं।

शनि-उपासना: न्याय, तप और आत्मशुद्धि का आध्यात्मिक मार्ग

भारतीय आध्यात्मिक परंपरा में शनि देव को केवल एक ग्रह-देवता के रूप में नहीं, बल्कि चेतना के उस गहन सिद्धांत के रूप में देखा गया है जो ब्रह्मांड में कर्म–न्याय की धुरी पर संसार को संचालित करता है। वे भय के देवता नहीं—सत्य के संरक्षक हैं, जो मानव को उसकी भूलों, दुर्बलताओं और दुराचरण के प्रति सजग करते हैं। हिन्दू दर्शन में पुनर्जन्म और कर्मफल की अवधारणा को ब्रह्मांड के अनिवार्य नियमों में गिना जाता है, और इन नियमों के पालन का उत्तरदायित्व स्वयं शनिदेव पर निहित है। इसीलिए वे कर्मफलदाता, दण्डाधिकारी, न्यायपुरुष और धर्मराज कहे गए हैं।

उनकी मन्दगति, उनका श्यामवर्ण, उनकी धारदार दृष्टि—यह सब किसी भय का कारण नहीं है, बल्कि यह संकेत है कि कर्मों का फल तत्काल नहीं, समय की परिपक्वता से मिलता है। शनि इसलिए मन्दगामी हैं क्योंकि कर्मफल को देने में वे उतनी ही सावधानी और निष्पक्षता बरतते हैं जितना कोई न्यायाधीश करता है। यही कारण है कि शनिवार की संध्या, शनि-जयंती, शनि-अमावस्या और शनि-प्रदोष जैसे पर्व उनके साधकों के लिए तप, आत्मचिंतन, कर्म-शुद्धि और साधना के दिन बन गये हैं।

शनि के जन्म और पौराणिक प्रसंगों में छिपा गहरा आध्यात्मिक संकेत

धर्मग्रंथों में सूर्य और छाया के संयोग से शनि के जन्म का वर्णन मात्र पारिवारिक कथा नहीं है—यह भारतीय आध्यात्मिकता के उस गूढ़ सत्य को प्रतिपादित करता है कि आध्यात्मिक ताप और कठोर अनुशासन ही दिव्यता को जन्म देते हैं। छाया, जो भगवान शिव की आराधना में निरत थीं, तप की अग्नि में तपा हुआ एक ऐसा गर्भ धारण किए हुए थीं जिसने जन्म लिया तो स्वयं वैराग्य, कठोरता, धैर्य और न्याय के प्रतीक के रूप में।

सूर्य द्वारा अपने पुत्र के प्रति उपेक्षा और संशय की कथा मानव स्वभाव का दर्पण है—प्रकाश अंधकार को स्वीकार नहीं करता, और सत्य से भरी कठोरता को सहज नहीं समझ पाता। इसी अपमान और संघर्ष से जन्म लिया शनि के तप, अनुशासन और न्याय-शक्ति ने। शनि का शिव-तप एक सार्वभौमिक संदेश देता है कि असंतोष और उपेक्षा भी साधना का ईंधन बन सकती है। भगवान शिव द्वारा दिया गया वर शनि की आध्यात्मिक प्रतिष्ठा का प्रमाण है—कि ब्रह्मांड की व्यवस्था में न्याय सबसे उच्च सिद्धांत है, और उसका भार शनि जैसे तपस्वी ही उठा सकते हैं।

प्रतीकों में छिपा मनुष्य का दर्पण

शनि का गहन नीलवर्ण अनंत आकाश और अंतर्मन की गहराई का रंग है। उनके वस्त्र, शस्त्र, वाहन, और रथ—सब प्रतीक हैं। तपस्याशील मनोबल के, कर्म का बोझ उठाने वाली स्थिरता के, और कठोर परंतु न्यायमय दंड के। कौआ और गिद्ध, जो उनके वाहन हैं, संसार की उपेक्षित शक्तियों का प्रतिनिधित्व करते हैं—ऐसी शक्तियाँ जो देखने में सामान्य होती हैं परन्तु गहन विवेक और अवलोकन के प्रतीक हैं। उनकी दृष्टि—तीसरी, सातवीं और दसवीं—केवल ज्योतिषीय अवधारणा नहीं, बल्कि इस बात का प्रतीक है कि शनि मनुष्य को तीन आयामों में देखता है—उसके कर्म, उसके संबंध और उसका भाग्य।

ज्योतिष में शनि की भूमिका

शनि का ज्योतिषीय प्रभाव जीवन में बाधाएँ, विलंब और संघर्ष के रूप में अनुभव होता है; किंतु यह संघर्ष शत्रुता का प्रतीक नहीं—यह परिपक्वता का उपकरण है। शनि जहां स्थित होते हैं, वहाँ वे व्यक्ति को उसकी वास्तविक क्षमता से परिचित कराते हैं। शनि महादशा के 19 वर्ष जीवन को रूपांतरित कर देने वाले समय माने जाते हैं। अंकशास्त्र में '8' का प्रतिनिधित्व शनि करते हैं, जो गहनता, एकांत, समर्पण, कर्म और आध्यात्मिक अनुशासन की ऊर्जा है।

शनि की दृष्टि किसी को दंड देने के लिए नहीं होती—कर्मों को सन्तुलित कराने के लिए होती है। यह दृष्टि व्यक्ति को शॉर्टकट्स से हटाकर सत्य, ईमानदारी और श्रम के मार्ग पर ले आती है। इसीलिए वे धन-बढ़ाने वाले नहीं, बल्कि धन-सत्यापन करने वाले ग्रह कहलाते हैं—जो यह जाँचते हैं कि धन, पद, सम्मान और

प्रतिष्ठा किसी शुद्ध कर्म से अर्जित हुई है या नहीं।

शनि की उपासना केवल तेल अभिषेक, दान या मंत्रजप भर नहीं है—यह एक आत्मिक तपस्या है। यह मन की अस्थिरता को शांत करती है। यह व्यक्ति को अपने कर्मों के प्रति उत्तरदायी बनाती है। यह लोक-लाज और दिखावे की बजाय, अंतरात्मा की आवाज़ का अनुसरण कराती है। यह मनुष्य को स्वावलंबन, धैर्य और सहनशीलता की कला सिखाती है।

शनि की पूजा का मूल संदेश यही है—**"कर्म करो, सत्य पर अडिग रहो, परिणाम की प्रतीक्षा धैर्यपूर्वक करो, और न्याय को जीवन का आधार बनाओ।"** इसलिए शनि-अमावस्या, शनि-जयंती और प्रदोष जैसे पर्वों पर उपासक केवल पूजा नहीं करते—वे आत्मनिरीक्षण करते हैं, अपने दोषों को पहचानते हैं, और अपने कर्मपथ को सुधारने की प्रतिज्ञा लेते हैं।

शिंगणापुर, कोकिलावन, तिरुनेल्लूर, चामुंडीहिल और ग्वालियर जैसे मंदिर केवल पूजा-स्थल नहीं—वे तपस्थल हैं, जहाँ लोग अपने जीवन के भारी बोझ, अपने पछतावे, अपनी गलतियाँ, और अपनी आकांक्षाएँ लेकर जाते हैं और लौटते हैं हल्का मन, स्थिर बुद्धि और सत्य के साथ।

Preface

In the Indian spiritual tradition, Shani is the force that brings a human being face-to-face with the truth of his own actions. The very sound of His name does not evoke fear, but an inner awakening to one's karma. Shani does not punish—He restores balance, where truth, patience, and righteousness become the guiding disciplines of life. His worship is not merely a ritual; it is a practice of self-discipline, purification, and inner wisdom. This book presents the profound and often misunderstood nature of Shani in a new, simple, and spiritual light—revealing Him not as a deity of fear, but as a divine companion who brings awareness, stability, and karmic harmony to one's life journey.

Shani Worship: A Path of Justice, Austerity, and Inner Purification

In Indian spiritual philosophy, Lord Shani is not viewed merely as a planetary deity but as the profound cosmic principle that sustains the universe on the axis of karmic justice. He is not the god of fear—He is the Guardian of Truth. He makes a person aware of his mistakes, weaknesses, and misdeeds. Hindu philosophy regards karma, its consequences, and rebirth as essential laws of

creation. The responsibility of maintaining these laws rests with Lord Shani. Hence He is known as the Dispenser of Karma, the Lord of Discipline, the Upholder of Dharma, and the Divine Judge.

Shani's slow movement, His deep blue hue, and His powerful gaze are not symbols of terror but reminders that results come only when the time is ripe. Karma returns with precision, not haste. Shani is slow because He is careful, impartial, and unhurried in delivering justice—like a perfect judge. For this reason, festivals such as Shani Jayanti, Shani Amavasya, Saturday evenings, and Shani Pradosh have become occasions for introspection, penance, and inner purification.

The Birth of Shani: Spiritual Insights in Mythology

The story of Shani's birth from Surya and Chhaya is not merely a family tale—it conveys a deep spiritual message: that intense devotion and austerity give rise to extraordinary spiritual power. Chhaya, absorbed in the meditation of Lord Shiva, carried a womb filled with the fire of discipline. Hence the child born from her embodied detachment, inner strength, restraint, and an unwavering commitment to justice.

Surya's doubt regarding his own son symbolizes a universal truth: light does not easily accept darkness, and the world often misunderstands the strictness born of truth. From this pain and neglect emerged Shani's unwavering tapas. Pleased with His penance, Lord Shiva granted Him dominion over karma and justice—affirming that in the cosmic order, justice is the highest spiritual principle, entrusted only to the most disciplined.

Symbolism: The Mirror of Human Nature

Shani's dark blue complexion symbolizes the infinite sky and the depth of the inner self. His attire, weapons, and vehicles are all symbolic. His bow, arrow, trident, and gesture of blessing represent spiritual discipline and righteous authority. His vahanas—crow and vulture—symbolize keen observation, sharp insight, and the ability to see beyond illusions. His three special aspects (drishtis) are not merely astrological—they represent His ability to observe a person from the three dimensions of: Karma, Relationships, Destiny and Shani in Astrology.

Astrologically, Shani's influence often manifests as delays, struggles, and obstacles. Yet these are not signs of enmity—they are tools of maturity. Wherever Shani resides in a birth chart, He leads the individual toward realizing his true potential. His 19-year Mahadasha is known to be transformative, shaping the very foundation of a person's life. Numerologically, Shani governs the number 8, symbolizing depth, solitude, discipline, karma, structure, and spiritual endurance.

Shani's gaze does not exist to punish—it exists to correct. His energy compels a person to abandon shortcuts and embrace sincerity, hard work, and righteousness. He does not increase wealth; He verifies whether it was earned through honest effort. Thus, Shani is the Examiner of Karma, not the destroyer of fortune.

The essence of Shani worship is not merely in oil offerings, charity, or mantra recitation. It is in cultivating inner steadiness. It teaches responsibility for one's actions. It compels a person to listen to the voice of conscience above all external noise. It develops patience, resilience, and self-reliance.

The core message of Shani's worship is: **"Perform your duties truthfully, remain steadfast, wait for the right time, and base your life on justice."** Temples and Pilgrimage as Centers of Inner Transformation

On Shani Amavasya, Shani Jayanti, and Pradosh, devotees do more than worship—they introspect, recognize their faults, and renew their commitment to righteous action. Temples such as Shingnapur, Kokilavan, Tirunallar, Chamundi Hill, and Gwalior are not merely places of offering—they are centers of inner transformation. People come there with burdens, regrets, fears, and unresolved karma—and return with clarity, calm, and a renewed connection to truth.

शनि मन्त्र
Shani Mantra

शनि मूल मन्त्र (Shani Moola Mantra)

ॐ शं शनैश्चराय नमः।

Om Sham Shanaishcharaya Namah |

शनि बीज मन्त्र (Shani Beeja Mantra)

ॐ प्रां प्रीं प्रौं सः शनैश्चराय नमः।

Om Pram Prim Praum Sah Shanaishcharaya Namah |

शनि गायत्री मन्त्र (Shani Gayatri Mantra)

ॐ सूर्यात्मजाय विद्महे मृत्युरूपाय धीमहि तन्नः
सौरिः प्रचोदयात्॥

Om Suryatmajaya Vidmahe Mrityurupaya Dhimahi
Tannah Saurih Prachodayat ||

शनि प्रणाम मन्त्र (Shani Pranama Mantra)

ॐ नीलांजन समाभासं रविपुत्रं यमाग्रजम्।
छाया मार्तण्डसंभूतं तं नमामि शनैश्चरम्॥

Om Nilanjana Samabhasam Raviputram Yamagrajam।

Chhaya Martanda Sambhutam Tam Namami Shanaishcharam॥

शनि वैदिक मन्त्र (Shani Vedic Mantra)

ॐ शन्नोदेवीर भिष्टयऽआपो भवन्तु पीतये शंय्योरभिस्त्रवन्तुनः।

Om Shannodevira Bhishtayaapo Bhavantu Pitaye Shanyyo Rabhistravantunah।

शनि एकाक्षरी मन्त्र (Shani Ekakshari Mantra)

शं॥

Sham॥

शनि स्तोत्रम्
Shani Stotram

यह शनि स्तोत्रम् भारतीय आध्यात्मिक परंपरा का एक अत्यंत प्रभावशाली और पवित्र स्तोत्र है, जिसका उल्लेख ब्रह्माण्ड पुराण में मिलता है। इसके ऋषि राजा दशरथ माने जाते हैं और देवता स्वयं छायानन्दन शनि हैं। यह स्तोत्र केवल भक्ति-भाव या पूजा-पाठ का अंग नहीं, बल्कि शनि देव के न्याय, कर्मफल और अनुशासन-प्रधान स्वरूप का गहरा दार्शनिक संदेश भी समेटे हुए है। शनि को सामान्यतः भय, कष्ट और कठिनाइयों से जोड़ा जाता है, परंतु वास्तव में वे मनुष्य को उसके कर्मों के अनुसार परिणाम दिखाने वाले देवता हैं—जो दंड देने के लिए नहीं, बल्कि आत्मजागरूकता, सच्चाई और कर्तव्यपालन की ओर प्रेरित करने के लिए जाने जाते हैं। इसी कारण शनि स्तोत्र को आध्यात्मिक, मनोवैज्ञानिक और ज्योतिषीय—तीनों दृष्टियों से अत्यंत प्रभावकारी माना गया है।

शनि स्तोत्र का इतिहास भी अत्यंत प्रेरक है। पुराणों के अनुसार, जब राजा दशरथ के राज्य में विपत्तियाँ आने लगीं और शनि की महादशा ने जनता को कष्ट दिया, तब राजा ने कठोर तप के बाद यह स्तुति रची। शनिदेव उनकी इस प्रार्थना से प्रसन्न हुए और वरदान दिया कि यह स्तोत्र आगे आने वाले युगों में भी सभी भक्तों के लिए संकट-निवारण का शक्तिशाली साधन बनेगा। इस कथा के माध्यम से यह स्पष्ट होता है कि यह स्तोत्र केवल पूजा का हिस्सा नहीं, बल्कि तप, निष्ठा और सत्य-समर्पण का परिणाम

है—जिसका प्रभाव साधक के जीवन में स्थिरता और शक्ति प्रदान करने वाला माना गया है।

ज्योतिष शास्त्र में शनि का प्रभाव मनुष्य के जीवन में अत्यंत व्यापक माना जाता है। चाहे साढ़े साती हो, ढैय्या, महादशा-अंतरदशा, अथवा कुंडली में शनि की प्रतिकूल स्थिति—इन सभी समयों में शनि स्तोत्र के पाठ को अत्यंत लाभकारी बताया गया है। यह स्तोत्र मन और विचारों को स्थिर करता है, नकारात्मक ऊर्जा को शांत करता है, और जीवन की कठिन परिस्थितियों का सामना करने की मानसिक शक्ति देता है। नियमित पाठ से शनि का प्रभाव शुभ दिशा में मुड़ने लगता है, जिससे कार्यक्षेत्र में स्थिरता, आर्थिक नियंत्रण, मानसिक संतुलन, स्वास्थ्य में सुधार और आत्मविश्वास बढ़ने जैसे परिणाम मिलने लगते हैं। शनि का प्रभाव तब ही शुभ होता है जब व्यक्ति अपने कर्म, परिश्रम और सत्य के मार्ग पर स्थिर रहता है—और यह स्तोत्र उसी ऊर्जा को जागृत करता है।

आध्यात्मिक दृष्टि से भी शनि स्तोत्रम् अत्यंत शांतिदायक है। त्रिष्टुप् छन्द की लयबद्धता मन की चंचलता को शांत करती है और साधक को एक गहरे ध्यान की स्थिति में ले जाती है। इस स्तोत्र का नियमित जप भय, असुरक्षा और मानसिक दबाव को कम करता है। यह व्यक्ति को आंतरिक दृढ़ता, संतुलन और आत्मनिरीक्षण की शक्ति देता है। जब व्यक्ति अपने कर्मों की जिम्मेदारी स्वयं स्वीकार करने लगता है, तब शनि का प्रभाव भी कृपा और मार्गदर्शन में बदल जाता है। इस स्तोत्र के माध्यम से व्यक्ति का मन न केवल ग्रहों से जुड़े भय से मुक्त होता है, बल्कि जीवन की चुनौतियों को धैर्य और विवेक से देखने लगता है।

शनि स्तोत्र के पाठ के लिए किसी विशेष वैदिक अनुष्ठान की आवश्यकता नहीं। केवल स्वच्छता, शांति और एकाग्रता पर्याप्त हैं।

प्रतिदिन पाठ करना सर्वोत्तम है, परंतु यदि यह संभव न हो तो शनिवार के दिन इसका पाठ अवश्य किया जाना चाहिए। सरसों के तेल या काले तिल के दीपक के सामने, अथवा पीपल वृक्ष के नीचे इसका पाठ विशेष रूप से शुभ माना गया है। इस स्तोत्र का प्रभाव पाठ की गति या उच्चारण से अधिक साधक की भावना और श्रद्धा पर निर्भर करता है। यदि यह भावना सच्ची हो तो शनिदेव की कृपा अवश्य प्रकट होती है।

समग्र रूप से देखा जाए तो शनि स्तोत्रम् केवल ग्रहों की शांति के लिए किया जाने वाला पाठ नहीं, बल्कि जीवन के संघर्षों और कठोर अनुभवों को समझने का एक आध्यात्मिक मार्ग है। यह मनुष्य को कठिनाइयों से डराने के बजाय उनसे सीखने की प्रेरणा देता है। जब व्यक्ति इस स्तोत्र के माध्यम से आत्मानुशासन, सत्य और निष्ठा की राह पर चलता हे, तो शनिदेव भी अपने संपूर्ण कृपाभाव से उसका मार्ग प्रशस्त करते हैं। यही कारण है कि यह स्तोत्र आज भी उतना ही प्रभावशाली, प्रेरक और सार्थक है जितना प्राचीन काल में था—और यही इसे अद्वितीय बनाता है।

The Shani Stotram is an exceptionally powerful and sacred hymn within the Indian spiritual tradition, found in the Brahmanda Purana. Its rishi is King Dasharatha, and the presiding deity is Shani, the son of Chhaya. This stotra is not merely a devotional chant; it carries a profound philosophical message about discipline, karma, and divine justice. While Shani is often associated with hardship and fear, in truth he is the deity who reveals the consequences of one's actions—guiding the devotee not through punishment but through awakening, restraint, and inner purification. For this reason, the Shani Stotram is regarded as deeply impactful on spiritual, psychological, and astrological levels.

The historical background of this hymn is equally inspiring. According to the Puranas, when King Dasharatha's kingdom suffered under the effects of Shani's influence and the people were afflicted by severe misfortunes, the king undertook rigorous penance and composed this hymn in deep devotion. Pleased with his prayer, Shani granted a boon that this stotra would serve as a potent remedy for devotees in future ages. This legend highlights that the hymn is not an ordinary prayer but the fruit of perseverance, sincerity, and ascetic discipline—qualities that imbue it with enduring spiritual force.

In astrology, Shani's influence is considered highly significant. During periods such as Sade Sati, Dhaiyya, planetary transits, or unfavorable placements in one's horoscope, the recitation of the Shani Stotram is believed to bring considerable relief. It stabilizes the mind, dispels negativity, and gives the inner courage to navigate challenging circumstances. Regular chanting turns Saturn's influence towards auspicious outcomes, fostering stability in career, better financial management, improved health, emotional balance, and heightened self-confidence. Shani's energy becomes benevolent when one embraces discipline, truth, and responsible action—and the stotra helps cultivate precisely these qualities.

Spiritually, the Shani Stotram is deeply calming. Its Trishtubh metre creates a rhythmic vibration that quiets mental restlessness and draws the devotee into a meditative state. Regular chanting reduces fear, insecurity, and psychological stress, replacing them with clarity, resilience, and introspection. When an individual takes responsibility for their actions, Saturn's influence shifts from burden to blessing. Through this stotra, the mind gradually frees itself from anxiety linked with planetary forces and begins to confront life's challenges with composure and maturity.

The recitation of the Shani Stotram requires no elaborate rituals. Purity, sincerity, and concentration are sufficient. While daily chanting is ideal, reciting it especially on Saturdays is considered highly auspicious. Lighting a mustard-oil or sesame-oil lamp, or chanting under a Peepal tree, is believed to enhance its effect. The power of this hymn depends less on speed or pronunciation and more on devotion and inner intention. When approached with genuine reverence, the grace of Shani inevitably unfolds.

Ultimately, the Shani Stotram is far more than a planetary remedy—it is a spiritual path to understanding and transcending the hardships of life. Rather than instilling fear, it teaches the wisdom hidden within difficulties. As the devotee embraces self-discipline, truthfulness, and steadfastness, Shani responds with his blessings, clearing obstacles and illuminating the path ahead. This enduring relevance makes the Shani Stotram as meaningful and transformative today as it was in ancient times.

॥ शनैश्चरस्तोत्रम् ॥

॥ विनियोग ॥

श्रीगणेशाय नमः॥

॥ Shanaishcharastotram ॥

॥ Viniyoga ॥

॥ Shriganeshaya Namah ॥

अस्य श्रीशनैश्चरस्तोत्रस्य। दशरथ ऋषिः॥
शनैश्चरो देवता। त्रिष्टुप् छन्दः॥
शनैश्चरप्रीत्यर्थ जपे विनियोगः॥

यह श्रीशनैश्चर स्तोत्र है, जिसके ऋषि राजा दशरथ हैं। इस स्तोत्र के देवता शनैश्चर (शनि देव) हैं। इसका छन्द त्रिष्टुप है। और यह जप शनैश्चर भगवान की कृपा और प्रसन्नता के लिए किया जाता है।

Asya Shrishanaishcharastotrasya। Dasharatha Rishih॥
Shanaishcharo Devata। Trishtup Chhandah॥
Shanaishcharaprityartha Jape Viniyogah॥

This is the sacred Shani Stotram, whose seer (ṛṣi) is King Dasharatha. The presiding deity of this hymn is Lord Shani (Śanaiścara). Its poetic metre is Triṣṭup. The recitation of this stotram is performed for obtaining the grace and blessings of Lord Shani.

॥ दशरथ उवाच ॥

॥ Dasharatha Uvacha ॥

कोणोऽन्तको रौद्रयमोऽथ बभ्रुः कृष्णः शनिः पिङ्गलमन्दसौरिः।
नित्यं स्मृतो यो हरते च पीडां तस्मै नमः श्रीरविनन्दनाय॥1॥

कोण, अन्तक, रौद्र, यम, बभ्रु, कृष्ण, शनि, पिङ्गल और मन्द—इन विभिन्न नामों से विख्यात भगवान शनि, जिनका स्मरण करने मात्र से ही कष्ट और पीड़ा दूर हो जाती है—ऐसे सूर्यपुत्र (रविनन्दन) शनिदेव को मेरा प्रणाम है।

Konoantako Raudrayamoatha Babhruh Krishnah
Shanih Pingalamandasaurih।
Nityam Smrito Yo Harate Cha Pidam Tasmai
Namah Shriravinandanaya॥1॥

To Him who is known by many names—Koṇa, Antaka, Raudra, Yama, Babhru, Krishna, Shani, Piṅgala and Manda, to that divine son of the Sun (Ravi-nandana), whose remembrance alone removes suffering and affliction—to Lord Shani, I offer my reverent salutations.

सुरासुराः किंपुरुषोरगेन्द्रा गन्धर्वविद्याधरपन्नगाश्च।
पीड्यन्ति सर्वे विषमस्थितेन तस्मै नमः श्रीरविनन्दनाय॥2॥

इस श्लोक में कहा गया है कि देवता हों या दानव, किंपुरुष हों या महान नागराज, तथा गंधर्व, विद्याधर और पन्नग—सभी प्राणी शनिदेव की प्रतिकूल स्थिति से प्रभावित हो सकते हैं। शनि की अशुभ दृष्टि अथवा विषम अवस्था इतनी प्रभावशाली मानी गई है कि वह छोटे-बड़े सभी लोकों और जीवों पर अपना असर डाल सकती है। ऐसे महान, शक्तिशाली और विश्वव्यापी प्रभाव वाले सूर्यपुत्र रविनन्दन शनिदेव को भक्त नमस्कार करता है।

Surasurah Kimpurushoragendra
Gandharvavidyadharapannagashcha।
Pidyanti Sarve Vishamasthitena Tasmai
Namah Shriravinandanaya॥2॥

This verse states that gods, demons, Kimpurushas, mighty serpent-kings, Gandharvas, Vidyadharas and all serpentine beings can be affected when Lord Shani is unfavorably positioned. The adverse gaze or difficult placement of Shani is believed to possess such immense power that it can influence beings across all realms, great and small. To this supremely powerful and universally impactful son of the Sun, Lord Shani, the devotee offers reverent salutations.

नरा नरेन्द्राः पशवो मृगेन्द्रा वन्याश्च ये कीटपतङ्गभृङ्गाः।
पीड्यन्ति सर्वे विषमस्थितेन तस्मै नमः श्रीरविनन्दनाय॥3॥

मनुष्य, राजा, पशु, जंगल के सिंह, वन्य जीव, कीट, पतंग और भृंग—ये सभी शनिदेव की प्रतिकूल स्थिति में पीड़ित हो सकते हैं। शनि की विषम अवस्था छोटे से बड़े सभी जीवों को प्रभावित करने में समर्थ है। ऐसे सर्वशक्तिमान सूर्यपुत्र शनिदेव को प्रणाम है।

Nara Narendrah Pashavo Mrigendra Vanyashcha
Ye Kitapatangabhringah।
Pidyanti Sarve Vishamasthitena Tasmai
Namah Shriravinandanaya॥3॥

Humans, kings, animals, lions of the forest, wild creatures, insects, butterflies and bees—all may be afflicted when Lord Shani is unfavorably positioned. His adverse influence can affect beings of every size and kind. Salutations to such all-powerful son of the Sun, Lord Shani.

देशाश्च दुर्गाणि वनानि यत्र सेनानिवेशाः पुरपत्तनानि।
पीड्यन्ति सर्वे विषमस्थितेन तस्मै नमः श्रीरविनन्दनाय॥4॥

देश, दुर्ग, वन, जहाँ भी सेना-शिविर हों, और नगर–पत्तन—सभी शनिदेव की प्रतिकूल अवस्था में प्रभावित हो सकते हैं। शनि की विषम स्थिति पूरे क्षेत्र, नगर और स्थानों को भी कष्ट पहुँचा सकती है। ऐसे शक्तिशाली सूर्यपुत्र शनिदेव को प्रणाम है।

Deshashcha Durgani Vanani Yatra
Senaniveshah Purapattanani।
Pidyanti Sarve Vishamasthitena Tasmai
Namah Shriravinandanaya॥4॥

Countries, fortresses, forests, military camps, cities and towns—all can be afflicted when Lord Shani is unfavorably positioned. His adverse influence can affect entire regions and habitations. Salutations to such powerful son of the Sun, Lord Shani.

तिलैर्यवैर्माषगुडान्नदानैर्लोहेन नीलाम्बरदानतो वा।
प्रीणाति मन्त्रैर्निजवासरे च तस्मै नमः श्रीरविनन्दनाय॥5॥

तिल, जौ, उड़द, गुड़, अन्न के दान से, लोहे के दान से या नीले वस्त्र दान करने से, तथा अपने विशेष वार (शनिवार) पर मंत्रों के जप से—इन सब माध्यमों से शनिदेव प्रसन्न होते हैं। ऐसे कृपालु सूर्यपुत्र शनिदेव को प्रणाम है।

Tilairyavairmashagudannadanairlohena
Nilambaradanato Va।
Prinati Mantrairnijavasare Cha Tasmai
Namah Shriravinandanaya॥5॥

By offering sesame seeds, barley, black gram, jaggery, food grains, by giving iron or blue garments in charity, and by reciting his mantras especially on his designated day (Saturday), Lord Shani is pleased. Salutations to this benevolent son of the Sun, Lord Shani.

प्रयागकूले यमुनातटे च सरस्वतीपुण्यजले गुहायाम्।
यो योगिनां ध्यानगतोऽपि सूक्ष्मस्तस्मै नमः श्रीरविनन्दनाय॥6॥

प्रयाग के तट पर, यमुना के किनारे, सरस्वती के पवित्र जल में, और गुफाओं में—जहाँ भी योगी ध्यान में लीन होकर सूक्ष्म रूप से उनका अनुभव करते हैं—ऐसे सूक्ष्म और ध्यानगम्य सूर्यपुत्र शनिदेव को प्रणाम है।

Prayagakule Yamunatate Cha Sarasvatipunyajale
Guhayam।
Yo Yoginam Dhyanagatoapi Sukshmastasmai
Namah Shriravinandanaya॥6॥

On the banks of Prayag, along the river Yamuna, in the sacred waters of Saraswati, and even within secluded caves—where yogis perceive him in his subtle, meditative form—salutations to that subtle and contemplatively realized son of the Sun, Lord Shani.

अन्यप्रदेशात्स्वगृहं प्रविष्टस्तदीयवारे स नरः सुखी स्यात्।
गृहाद् गतो यो न पुनः प्रयाति तस्मै नमः श्रीरविनन्दनाय॥7॥

जो व्यक्ति किसी अन्य स्थान से अपने घर में शनिवारे प्रवेश करता है, वह सुख और शुभफल प्राप्त करता है। वहीं जो घर से निकलकर वापस नहीं लौटता, उस पर भी शनिदेव की विशिष्ट दृष्टि रहती है। ऐसे कल्याणकारी सूर्यपुत्र शनिदेव को नमस्कार।

Anyapradeshatsvagriham Pravishtastadiyavare Sa Narah Sukhi Syat।
Grihad Gato Yo Na Punah Prayati Tasmai Namah Shriravinandanaya॥7॥

A person who returns home from another place on a Saturday attains happiness and auspicious results. Even one who leaves home and does not return receives a distinct, watchful influence of Lord Shani. Salutations to that benevolent son of the Sun, Lord Shani.

स्रष्टा स्वयंभूर्भुवनत्रयस्य त्राता हरीशो हरते पिनाकी।
एकस्त्रिधा ऋग्यजुःसाममूर्तिस्तस्मै नमः श्रीरविनन्दनाय॥8॥

जो स्वयंभू (स्वतः प्रकट) सृष्टिकर्ता हैं, जो तीनों लोकों (भू-भुवः-स्वः) के रक्षक हैं, जो हरि (विष्णु) के रूप में पालन करते हैं और हर (शिव) के रूप में संहार करते हैं, और जो पिनाकधारी (शिव) के रूप में भी प्रकट होते हैं—वे एक ही परम तत्व हैं, जो ऋग्वेद, यजुर्वेद और सामवेद—इन तीनों के स्वरूप माने जाते हैं। ऐसे तीन-स्वरूप वाले उस परमात्मा, श्री सूर्यनारायण (रविनन्दन) को मेरा प्रणाम है।

Srashta Svayambhurbhuvanatrayasya Trata Harisho Harate Pinaki।
Ekastridha Rigyajuhsamamurtistasmai Namah Shriravinandanaya॥8॥

Salutations to the Supreme Being who is self-existent and the creator of the three worlds. He protects the universe, manifests as Hari (Vishnu) for preservation, and as Hara (Shiva) for dissolution, and also appears as Pinaki, the wielder of the bow Pinaka. He is the one who manifests in three forms, embodied in the Rigveda, Yajurveda, and Samaveda. I bow to that Supreme Lord, the son of the Sun—Sri Ravinandana.

शन्यष्टकं यः प्रयतः प्रभाते नित्यं सुपुत्रैः पशुबान्धवैश्च।
पठेत्तु सौख्यं भुवि भोगयुक्तः प्राप्नोति निर्वाणपदं तदन्ते॥9॥

जो व्यक्ति प्रतिदिन प्रातःकाल श्रद्धा और एकाग्रता के साथ, अपने पुत्रों, पशुओं और परिजनों सहित शन्यष्टक का पाठ करता है, वह इस पृथ्वी पर सुख और समृद्धि से युक्त भोगों को प्राप्त करता है। जीवन के अंत में वह परम शांति—निर्वाण पद—को भी प्राप्त करता है।

Shanyashtakam Yah Prayatah Prabhate Nityam
Suputraih Pashubandhavaishcha।
Pathettu Saukhyam Bhuvi Bhogayuktah
Prapnoti Nirvanapadam Tadante॥9॥

A person who recites the Shani Ashtakam every morning with devotion, along with his children, cattle, and family members, gains happiness and prosperity in this world. In the end, he also attains the supreme state of peace—the state of Nirvana.

कोणस्थः पिङ्गलो बभ्रुः कृष्णो रौद्रोऽन्तको यमः।
सौरिः शनैश्चरो मन्दः पिप्पलादेन संस्तुतः॥10॥

कोणस्थ, पिङ्गल, बभ्रु, कृष्ण, रौद्र, अन्तक, यम, सौरि, शनैश्चर और मन्द—ये सभी शनि देव के ही नाम हैं। शनि देव की इस प्रकार स्तुति ऋषि पिप्पलाद ने की है।

Konasthah Pingalo Babhruh Krishno
Raudroantako Yamah।
Saurih Shanaishcharo Mandah
Pippaladena Samstutah॥10॥

Kona-stha, Pingala, Babhru, Krishna, Raudra, Antaka, Yama, Sauri, Shanaishchara, and Manda—all these are names of Lord Shani. Sage Pippalada offered praise to Lord Shani through these names.

एतानि दश नामानि प्रातरुत्थाय यः पठेत्।
शनैश्चरकृता पीडा न कदाचिद्भविष्यति॥11॥

जो व्यक्ति प्रतिदिन प्रातःकाल उठकर शनि देव के इन दस नामों का श्रद्धापूर्वक पाठ करता है, उसे शनि द्वारा उत्पन्न किसी भी प्रकार की पीड़ा या बाधा कभी नहीं होती।

Etani Dasha Namani Pratarutthaya Yah Pathet।
Shanaishcharakrita Pida Na Kadachidbhavishyati॥11॥

One who recites these ten names of Lord Shani every morning upon waking will never suffer any affliction or hardship caused by Shani.

॥ इति श्रीब्रह्माण्डपुराणे श्रीशनैश्चरस्तोत्रं सम्पूर्णम् ॥

॥ Iti Shribrahmandapurane Shrishanaishcharastotram Sampurnam ॥

शनि चालीसा
Shani Chalisa

शनि चालीसा भगवान शनिदेव की महिमा का वर्णन करने वाला एक अत्यंत लोकप्रिय भक्ति-ग्रंथ है, जिसमें चौपाइयों के माध्यम से उनके स्वरूप, गुण, शक्ति और करुणा का सुंदर चित्रण मिलता है। हिंदू परंपरा में शनिदेव न्याय, अनुशासन, सत्य और कर्मफल के अधिपति माने जाते हैं। उन्हें वह देवता कहा गया है जो मनुष्य को उसके कर्मों के अनुसार मार्ग दिखाते हैं और कठिन परिस्थितियों में धैर्य एवं विवेक प्रदान करते हैं। इसी कारण शनि चालीसा का पाठ व्यक्ति को न केवल मानसिक और आध्यात्मिक शक्ति देता है, बल्कि जीवन में आने वाली बाधाओं और चुनौतियों को संतुलित करने में सहायता करता है।

शनि चालीसा का पाठ शनिवार को विशेष रूप से शुभ माना गया है, क्योंकि यह दिन शनिदेव को समर्पित है। इस दिन भक्त सरसों के तेल का दीपक जलाते हैं, काले तिल अर्पित करते हैं और पीपल वृक्ष के नीचे चालीसा का पाठ करके शनिदेव का आशीर्वाद प्राप्त करते हैं। शनि जयंती पर भी इस चालीसा का पाठ अत्यंत फलदायी माना जाता है, क्योंकि इस दिन शनिदेव की पूजा और नियमपूर्वक की गई साधना व्यक्ति के जीवन से दोष, भय और अशुभ प्रभावों को दूर करती है। यदि कोई भक्त प्रतिदिन शनि चालीसा का पाठ करता है, तो उसके मन में स्थिरता, स्पष्टता और आत्मबल का निर्माण होता है, जिससे वह कठिन समय को भी संयम और सकारात्मक दृष्टि से संभाल लेता है।

शनि चालीसा में वर्णित शनिदेव का स्वरूप अत्यंत विशिष्ट है—वे दीन-दुखियों के रक्षक, न्यायप्रिय देवता और भक्तों के कर्मों के शुद्धिकारक हैं। चालीसा यह संदेश देती है कि शनि की कृपा उन्हीं पर बरसती है जो सत्य, कर्तव्य और परिश्रम के मार्ग पर चलते हैं। यह स्तोत्र व्यक्ति को अपने कर्म सुधारने, विचारों को पवित्र करने और जीवन में अनुशासन लाने की प्रेरणा देता है। इसी कारण कहा गया है कि शनि चालीसा केवल ग्रह-शांति का उपाय नहीं, बल्कि एक आध्यात्मिक साधना है जो मन, बुद्धि और आत्मा को संतुलन प्रदान करती है।

अनेक भक्तों ने अनुभव किया है कि शनि चालीसा के नियमित पाठ से निराशा, अवरोध, मानसिक तनाव और असफलता की भावना कम होती है। जीवन में अवसरों का द्वार खुलने लगता है और कठिन परिस्थितियों का बोझ हल्का महसूस होता है। यह चालीसा व्यक्ति को भीतर से मजबूत बनाती है, उसके कर्मों में ऊर्जा लाती है और उसके मन में यह विश्वास जगाती है कि जब वह सत्य और परिश्रम का मार्ग अपनाता है, तब शनिदेव सदैव उसके रक्षक बने रहते हैं।

समग्र रूप से शनि चालीसा भक्त को यह समझाती है कि शनि न तो क्रूर हैं और न ही भय का प्रतीक—वे न्याय और संतुलन के देवता हैं, जो गलतियों को सुधारने और जीवन की दिशा स्पष्ट करने का अवसर प्रदान करते हैं। श्रद्धा और निष्ठा के साथ किया गया चालीसा का पाठ व्यक्ति के जीवन में स्थिरता, शांति और उन्नति का मार्ग प्रशस्त करता है। यही कारण है कि यह चालीसा केवल भक्ति नहीं, बल्कि आत्म-विकास का एक दिव्य साधन है जो जीवन में प्रकाश और संतुलन स्थापित करता है।

Shani Chalisa is a deeply revered devotional hymn dedicated to Lord Shani, the divine embodiment of justice, discipline, and karmic balance in Hindu tradition. Comprising verses written in the traditional chaupai metre, this sacred text beautifully illustrates the qualities, power, compassion, and cosmic significance of Lord Shani. In Hindu belief, Shani is not a deity who punishes arbitrarily; instead, he is the lord of karma who guides individuals toward righteous conduct, truthfulness, resilience, and self-awareness. Reciting the Shani Chalisa thus becomes not only an act of devotion but also a means of strengthening one's inner stability and overcoming challenges with patience and wisdom.

The recitation of the Shani Chalisa is considered especially auspicious on Saturdays, the day devoted to Lord Shani. Devotees light lamps of mustard oil, offer black sesame seeds, and often sit beneath the peepal tree to chant the Chalisa with faith and concentration. Shani Jayanti, the appearance day of Lord Shani, also holds great significance for chanting this hymn as it is believed to remove misfortunes, reduce negative influences, and purify the devotee's karmic path. Those who recite the Shani Chalisa daily gradually develop mental clarity, courage, discipline, and a deeper sense of responsibility, allowing them to navigate difficult phases of life with balance and confidence.

The Shani Chalisa provides a vivid portrayal of Lord Shani's divine nature—protector of the humble, upholder of justice, purifier of karma, and guide to those who walk the path of truth and hard work. Each verse gently reminds the reader that Lord Shani bestows blessings on those who live with integrity and sincerity. Far beyond a remedy for astrological afflictions, the Chalisa serves as a spiritual practice that stabilizes the mind, purifies intention, and cultivates a deeper moral conscience. It inspires individuals to improve their actions, refine their thoughts, and bring discipline into their daily lives.

Many devotees have shared that regular recitation of the Shani Chalisa brings relief from stress, obstacles, and discouragement. It opens pathways to new opportunities, reduces the weight of burdens, and nurtures inner strength. The Chalisa instills faith, resilience, and the quiet assurance that, with sincerity and effort, Lord Shani stands as a divine guardian and guide. Its verses uplift the heart and empower the mind, enabling devotees to face challenges without fear.

Ultimately, the Shani Chalisa teaches a profound truth: Lord Shani is not a symbol of terror or cruelty; he is the divine dispenser of justice, offering guidance to correct one's mistakes and illuminate the right path. When recited with devotion, humility, and purity of intention, the Chalisa becomes a transformative spiritual tool—bringing peace, progress, stability, and a renewed sense of purpose into one's life. It is this unique blend of devotion and self-elevation that makes the Shani Chalisa not merely a prayer, but a powerful journey toward inner awakening and karmic harmony.

॥ दोहा ॥

जय गणेश गिरिजा सुवन, मंगल करण कृपाल।
दीनन के दुःख दूर करि, कीजै नाथ निहाल॥
जय जय श्री शनिदेव प्रभु, सुनहु विनय महाराज।
करहु कृपा हे रवि तनय, राखहु जन की लाज॥

हे गणेश जी, गिरिजा के पुत्र, आप मंगल करने वाले और कृपालु हैं। दीन-दुखियों के सभी कष्टों को दूर करके उन्हें आनंदित कीजिए। हे प्रभु शनिदेव, आपकी जय हो। मेरी विनती सुनिए, हे महाराज। हे सूर्यपुत्र, कृपा करके भक्त की लाज रखें और उसकी रक्षा करें।

॥ Doha ॥

Jaya Ganesha Girija Suvana, Mangala Karana Kripala।
Dinana Ke Duhkha Dura Kari, Kijai Natha Nihala॥
Jaya Jaya Shri Shanideva Prabhu,
Sunahu Vinaya Maharaja।
Karahu Kripa He Ravi Tanaya, Rakhahu Jana Ki Laja॥

O Lord Ganesha, son of Goddess Girija, you are the benefactor of auspiciousness and the embodiment of compassion. Please remove the sorrows of the humble and bless them with happiness. Glory to you, Lord Shani! Kindly listen to my humble prayer, O revered King. O son of Surya, shower your grace and protect the honor of your devotee.

॥ चौपाई ॥

जयति जगति शनिदेव दयाला।
करत सदा भक्तन प्रतिपाला॥
चारि भुजा, तनु श्याम विराजै।
माथे रतन मुकुट छवि छाजै॥

जय हो दयालु भगवान शनिदेव की, जो हमेशा अपने भक्तों की रक्षा और पालन करते हैं। आपकी चार भुजाएँ हैं और श्यामवर्ण शरीर दिव्य शोभा से युक्त है। आपके मस्तक पर रत्नों से सुशोभित मुकुट अत्यंत तेजस्वी प्रकाश बिखेरता है।

॥ Chaupai ॥

Jayati Jayati Shanideva Dayala।
Karata Sada Bhaktana Pratipala॥
Chari Bhuja, Tanu Shyama Virajai।
Mathe Ratana Mukuta Chhavi Chhajai॥

Victory to the compassionate Lord Shani, who always protects and nurtures His devotees. You possess four divine arms, and your dark-hued form radiates celestial beauty. A crown adorned with precious gems rests upon your head, spreading a brilliant and divine radiance.

परम विशाल मनोहर भाला। टेढ़ी दृष्टि भृकुटि विकराला॥
कुण्डल श्रवण चमाचम चमके। हिये माल मुक्तन मणि दमके॥

आपका विशाल और मनोहर मुखमंडल अत्यंत प्रभावशाली प्रतीत होता है। आपकी टेढ़ी दृष्टि और भृकुटि का विकराल रूप भय और चेतावनी का संदेश देता है। आपके कानों में चमकते हुए कुण्डल दमक रहे हैं, और आपके हृदय पर मोतियों एवं मणियों की सुन्दर माला प्रकाश बिखेर रही है।

Parama Vishala Manohara Bhala।
Tedhi Drishti Bhrikuti Vikarala॥
Kundala Shravana Chamachama Chamake।
Hiye Mala Muktana Mani Damake॥

Your broad and majestic face appears profoundly powerful. Your curved gaze and fierce, furrowed brows convey both warning and authority. Shining earrings sparkle on your ears, and the radiant necklace of pearls and gems adorning your chest glows with divine brilliance.

कर में गदा त्रिशूल कुठारा। पल बिच करैं अरिहिं संहारा॥
पिंगल, कृष्णों, छाया, नन्दन। यम, कोणस्थ, रौद्र, दुःख भंजन॥

आपके हाथों में गदा, त्रिशूल और कुठारा (कुल्हाड़ी) शोभित हैं, जिनकी शक्ति से आप पलभर में ही अपने शत्रुओं का विनाश कर देते हैं। पिंगल, कृष्ण, छाया-नंदन, यम, कोणस्थ और रौद्र—ये आपके विभिन्न नाम हैं, और आप दुःखों का नाश करने वाले दयालु देव हैं।

Kara Mein Gada Trishula Kuthara।
Pala Bicha Karain Arihin Sanhara॥
Pingala, Krishnon, Chhaya, Nandana।
Yama, Konastha, Raudra, Duhkha Bhanjana॥

In your hands you hold the mace, trident, and axe, with which you can destroy enemies in an instant. Pingala, Krishna, Chhaya-Nandan, Yama, Konastha, and Raudra are among your many sacred names, and you are revered as the dispeller of sorrow and the remover of all suffering.

सौरी, मन्द, शनि, दशनामा। भानु पुत्र पूजहिं सब कामा॥
जा पर प्रभु प्रसन्न है जाहीं। रंकहुं राव करैं क्षण माहीं॥

आप सौरी, मन्द, शनि और अनेक नामों से विख्यात हैं। सूर्यपुत्र होने के कारण समस्त भक्त आपकी पूजा करते हैं और अपनी

मनोकामनाएँ पूरी होने की आशा रखते हैं। जिस व्यक्ति पर प्रभु शनिदेव प्रसन्न हो जाते हैं, उसे वे क्षणभर में ही दरिद्र से राजा के समान बना देते हैं, अर्थात उसका भाग्य तुरंत बदल जाता है।

Sauri, Manda, Shani, Dashanama।
Bhanu Putra Pujahin Saba Kama॥
Ja Para Prabhu Prasanna Hai Jahin।
Rankahun Rava Karain Kshana Mahin॥

You are known by many sacred names such as Sauri, Manda, and Shani. As the son of Surya, devotees worship you to fulfill all their wishes. When Lord Shani becomes pleased with someone, He can transform a pauper into a king in a single moment, blessing the devotee with sudden fortune and prosperity.

पर्वतहू तृण होई निहारत। तृणहू को पर्वत करि डारत॥
राज मिलत वन रामहिं दीन्हो। कैकेइहुं की मति हरि लीन्हो॥

आपकी दृष्टि से विशाल पर्वत भी तिनके समान हल्के हो जाते हैं, और कभी-कभी साधारण तिनके को भी पर्वत के समान भारी बना देते हैं—अर्थात आपके प्रभाव से परिस्थितियाँ पलभर में बदल जाती हैं। आपने ही वनवासी राम को राज्य वापस दिलाया और कैकेयी की बुद्धि हरकर उसे विपरीत निर्णय लेने के लिए प्रेरित किया। यह सब आपके कर्मफल और समय-शक्ति के प्रभाव का प्रमाण है।

Parvatahu Trina Hoi Niharata।
Trinahu Ko Parvata Kari Darata॥
Raja Milata Vana Ramahin Dinho।
Kaikeihun Ki Mati Hari Linho॥

Under your powerful gaze, even mighty mountains become as light as straw, while a mere straw can become as weighty as a mountain—symbolizing how you can transform circumstances instantly. It was through your influence that Lord Rama regained His kingdom, and you altered Queen Kaikeyi's mind, leading her to act against her natural wisdom. These events reflect your control over karmic outcomes and the force of time.

बनहूं में मृग कपट दिखाई। मातु जानकी गयी चुराई॥
लखनहिं शक्ति विकल करिडारा। मचिगा दल में हाहाकारा॥

वन में मृग के रूप में मायाजाल दिखाकर रावण ने माता जानकी का हरण किया—यह भी समय के प्रभाव और नियति की लीला का हिस्सा था। इसी क्रम में लक्ष्मण पर शक्ति बाण लगने से वे अचेत होकर भूमि पर गिर पड़े, जिससे वानर सेना में हाहाकार मच गया। इन घटनाओं के माध्यम से यह स्पष्ट होता है कि जब समय विपरीत होता है, तब महान वीरों और देवतुल्य व्यक्तियों को भी कठिन परिस्थितियों का सामना करना पड़ता है।

Banahun Mein Mriga Kapata Dikhai।
Matu Janaki Gayi Churai॥
Lakhanahin Shakti Vikala Karidara।
Machiga Dala Mein Hahakara॥

In the forest, the illusionary golden deer appeared, leading to the abduction of Mother Sita by Ravana—an unfolding shaped by the force of destiny and the influence of time. Following this, Lakshmana was struck by the Shakti arrow and fell unconscious, causing panic and distress among the entire monkey army. These episodes illustrate that when the cosmic cycle turns unfavourable, even the bravest and most divine beings must endure challenges.

रावण की गति मति बौराई। रामचन्द्र सों बैर बढ़ाई॥
दियो कीट करि कंचन लंका। बजि बजरंग बीर की डंका॥

जब समय विपरीत हुआ तो रावण की बुद्धि भ्रमित हो गई और उसने श्रीरामचन्द्र से बिना कारण शत्रुता बढ़ा ली। उसके अहंकार ने उसे सही-अगलत का भेद भुला दिया। स्वर्णिम लंका जैसी समृद्ध नगरी होते हुए भी वह कीट समान तुच्छ हो गया, क्योंकि अधर्म ने उसकी विवेक-शक्ति नष्ट कर दी थी। अंततः पराक्रमी हनुमानजी के पराक्रम और गर्जना से उसकी पूरी लंका कांप उठी और उसका विनाश निश्चित हो गया।

Ravana Ki Gati Mati Baurai।
Ramachandra Son Baira Badhai॥
Diyo Kita Kari Kanchana Lanka।
Baji Bajaranga Bira Ki Danka॥

When unfavorable destiny prevailed, Ravana's wisdom became distorted, leading him to foolishly escalate enmity with Lord Rama. Blinded by arrogance, he lost all sense of righteousness and truth. Though he possessed the golden city of Lanka, he became as insignificant as an insect because unrighteousness had clouded his judgment. Ultimately, the mighty Hanuman's valor resounded throughout Lanka, signaling the inevitable downfall of Ravana and his kingdom.

नृप विक्रम पर तुहि पगु धारा। चित्र मयूर निगलि गै हारा॥
हार नौलाखा लाग्यो चोरी। हाथ पैर डरवायो तोरी॥

राजा विक्रमादित्य पर जब आपका चरण पड़ा, तो उनके शुभ समय में परिवर्तन आ गया। एक बार चित्र में बने मयूर को वास्तविक समझकर उन्होंने पहना हुआ हार उसके सामने रख दिया, जिसे तत्क्षण एक असली मयूर निगल गया—यह सब कालचक्र के प्रभाव का संकेत था। नौ लाख का कीमती हार चोरी हुआ प्रतीत हुआ, और राजा के हाथ-पैर काँप उठे। यह घटना दर्शाती है कि जब शनि की दृष्टि पड़ती है, तब बड़े-से-बड़े बुद्धिमान और पराक्रमी भी अकल्पित कठिनाइयों में घिर सकते हैं।

Nripa Vikrama Para Tuhi Pagu Dhara।
Chitra Mayura Nigali Gai Hara॥
Hara Naulakha Lagyo Chori।
Hatha Paira Daravayo Tori॥

When your influence fell upon King Vikramaditya, his favorable period shifted. Once, mistaking a painted peacock for a real one, he placed a precious necklace before it, and instantly a real peacock appeared and swallowed it—symbolizing the mysterious workings of time under your rule. The nine-lakh gold necklace seemed stolen, filling the king with fear and anxiety. This episode illustrates that when Lord Shani's gaze turns intense, even the wisest and mightiest rulers may encounter unexpected hardships.

भारी दशा निकृष्ट दिखायो। तेलिहिं घर कोल्हू चलवायो॥
विनय राग दीपक महँ कीन्हों। तब प्रसन्न प्रभु है सुख दीन्हों॥

जब शनि की कड़ी दशा राजा विक्रमादित्य पर आई, तो उनकी स्थिति अत्यंत दयनीय और विपरीत हो गई। समय ऐसा आया कि एक महान सम्राट होते हुए भी उन्हें तेल निकालने के कोल्हू में बैल की तरह मेहनत करनी पड़ी—यह दिखाता है कि शनि की दृष्टि पड़ने पर केवळ कर्म और धैर्य ही साथ देते हैं। विपत्ति के बीच उन्होंने विनम्रता, भक्ति और श्रद्धा से दीपक बनाकर शनिदेव की आराधना की। उनकी सच्ची विनय और समर्पण से प्रसन्न होकर

शनिदेव ने अंततः उन्हें सुख और समृद्धि प्रदान की तथा उनकी कठिन दशा का अंत हुआ।

Bhari Dasha Nikrishta Dikhayo।
Telihin Ghara Kolhu Chalavayo॥
Vinaya Raga Dipaka Mahan Kinhon।
Taba Prasanna Prabhu Hai Sukha Dinhon॥

When Lord Shani's harsh period befell King Vikramaditya, his condition deteriorated severely. A powerful emperor was reduced to operating an oil-press like a common laborer, symbolizing how Shani's influence can humble even the greatest of rulers and remind them of the power of karma. Despite his suffering, the king sincerely worshipped Lord Shani by offering a lamp with deep devotion. Moved by his humility and faith, Lord Shani finally became pleased and restored his happiness, prosperity, and dignity, bringing his difficult phase to an end.

हरिश्चन्द्र नृप नारि बिकानी। आपहुँ भरे डोम घर पानी॥
तैसे नल पर दशा सिरानी। भूँजी-मीन कूद गयी पानी॥

राजा हरिश्चन्द्र जैसे सत्यवादी और धर्मप्रिय राजा को भी जब शनि की कठोर दशा ने घेरा, तो उन्हें अपनी पत्नी तक को बेचना पड़ा और स्वयं डोम के यहां पानी भरने का काम करना पड़ा। यह

दिखाता है कि शनि की परीक्षा सबसे महान व्यक्तियों को भी जीवन के गहन सत्य से परिचित कराती है। इसी प्रकार राजा नल के ऊपर भी जब शनि का समय आया, तो उनका भाग्य प्रतिकूल हो गया। एक बार वे भुने हुए मछली पकाने बैठे, पर जैसे ही उसे उलटने लगे, वह जीवित होकर पानी में कूद गई—यह घटना दार्शनिक रूप से बताती है कि विपरीत समय में हर प्रयास विफल होता प्रतीत होता है और साधारण कार्य भी सफल नहीं होते।

Harishchandra Nripa Nari Bikani।
Apahun Bhare Doma Ghara Pani॥
Taise Nala Para Dasha Sirani।
Bhunji-Mina Kuda Gayi Pani॥

Even the righteous and truth-bound King Harishchandra was not spared when Lord Shani's severe phase approached. He was compelled to sell his wife and work as a servant at a dom's house, drawing water—a powerful reminder that Shani's influence tests even the noblest of souls and reveals the deeper realities of life. Similarly, King Nala suffered greatly under Shani's unfavorable period. Once, while roasting a fish, the moment he attempted to turn it, the fish miraculously sprang back to life and jumped into the water. Symbolically, this conveys that during adverse times, even the simplest tasks fail unexpectedly, and nothing seems to go in one's favor.

श्री शंकरहि गह्यो जब जाई। पार्वती को सती कराई॥
तनिक विलोकत ही करि रीसा। नभ उड़ि गयो गौरिसुत सीसा॥

जब शनि भगवान शिव को पकड़ने (उन पर दृष्टि पड़ने) गए, तो उनकी दृष्टि मात्र से माता पार्वती का सती होना पड़ा—अर्थात अत्यंत भारी अनिष्ट घटित हो गया। शिव के पुत्र गणेश पर जब शनि की वक्र दृष्टि पड़ी, तो मात्र एक क्षण देखने भर से उनका सिर कटकर आकाश में उड़ गया। यह दो प्रसंग दर्शाते हैं कि शनि की दृष्टि अत्यंत प्रबल और परिवर्तनकारी होती है, जो देवों तक को प्रभावित कर सकती है।

Shri Shankarahi Gahayo Jaba Jai।
Parvati Ko Sati Karai॥
Tanika Vilokata Hi Kari Risa।
Nabha Udi Gayo Gaurisuta Sisa॥

When Shani approached Lord Shiva, even a brief influence of his gaze led to Goddess Parvati becoming Sati—symbolizing a great misfortune. Similarly, when Shani's crooked glance fell upon Shiva's son, Lord Ganesha, his head was severed instantly and flew into the sky. These episodes illustrate the immense transformative power of Shani's gaze, capable of affecting even the gods.

पाण्डव पर भै दशा तुम्हारी। बची द्रोपदी होति उघारी॥
कौरव के भी गति मति मारयो। युद्ध महाभारत करि डारयो॥

जब पाण्डवों पर आपकी (शनि की) दशा आई, तब द्रौपदी चीरहरण जैसे संकट से गुजरते-गुजरते बचीं। शनि की ही प्रबल दृष्टि ने कौरवों की बुद्धि भी भ्रष्ट कर दी, जिसके परिणामस्वरूप भीषण महाभारत का युद्ध हुआ। यह दर्शाता है कि शनि की अनुकम्पा या वक्र दृष्टि संपूर्ण राजवंशों के भाग्य को बदल सकती है।

Pandava Para Bhai Dasha Tumhari।
Bachi Dropadi Hoti Ughari॥
Kaurava Ke Bhi Gati Mati Marayo।
Yuddha Mahabharata Kari Darayo॥

When your (Shani's) period fell upon the Pandavas, Draupadi narrowly escaped the grave humiliation of disrobing. Shani's powerful influence also clouded the judgment of the Kauravas, ultimately leading to the devastating Mahabharata war. This highlights how Shani's benevolence or stern gaze can alter the fate of entire dynasties.

रवि कहं मुख महं धरि तत्काला। लेकर कूदि परयो पाताला॥
शेष देव-लखि विनती लाई। रवि को मुख ते दियो छुड़ाई॥

शनि ने सूर्य (रवि) को तुरंत अपने मुख में धारण कर लिया और लेकर पाताल लोक में कूद पड़े। तब शेषनाग ने विनती करके सूर्य को शनि के मुख से मुक्त कराया। यह कथन शनि की प्रचंड शक्ति और देवताओं पर भी उनके प्रभाव को दर्शाता है।

Ravi Kahan Mukha Mahan Dhari Tatkala।
Lekara Kudi Parayo Patala॥
Shesha Deva-Lakhi Vinati Layi।
Ravi Ko Mukha Te Diyo Chhudayi॥

Shani instantly swallowed the Sun (Ravi) and leapt into the netherworld. Then Sheshnag intervened with a plea and freed the Sun from Shani's mouth. This episode signifies Shani's immense power and his ability to influence even the celestial gods.

वाहन प्रभु के सात सुजाना।
हय दिग्ज गर्दभ मृग स्वाना॥
जम्बुक सिंह आदि नख धारी।
सो फल ज्योतिष कहत पुकारी॥

भगवान शनि के सात प्रमुख वाहन माने जाते हैं—घोड़ा, हाथी, गधा, हिरण, कुत्ता, सियार और सिंह आदि नखधारी वाहन। ज्योतिष शास्त्र में बताया गया है कि शनि किस वाहन पर आरूढ़ होकर आते हैं, उसी के अनुसार मनुष्य को फल प्राप्त होता है।

Vahana Prabhu Ke Sata Sujana।
Haya Digja Gardabha Mriga Svana॥
Jambuka Sinha Adi Nakha Dhari।
So Phala Jyotisha Kahata Pukari॥

Shani Dev is associated with seven main vehicles—horse, elephant, donkey, deer, dog, jackal, and lion, along with other clawed animals. According to astrology, the results a person experiences depend on the vehicle Shani chooses while bestowing His influence.

गज वाहन लक्ष्मी गृह आवैं।
हय ते सुख सम्पत्ति उपजावै॥
गर्दभ हानि करै बहु काजा।
सिंह सिद्धकर राज समाजा॥

जब शनि देव गज (हाथी) वाहन पर आते हैं तो घर में लक्ष्मी का आगमन होता है। घोड़े (हय) वाहन से सुख-सम्पत्ति की वृद्धि होती है। गधे (गर्दभ) पर आगमन होने पर अनेक प्रकार की हानि होती है। सिंह वाहन सिद्धि प्रदान करता है और राजसम्मान देता है।

Gaja Vahana Lakshmi Griha Avain।
Haya Te Sukha Sampatti Upajavai॥
Gardabha Hani Karai Bahu Kaja।
Sinha Siddhakara Raja Samaja॥

When Shani Dev arrives on an elephant (gaja), it brings wealth and prosperity into the home. If He comes on a horse (haya), happiness and abundance increase. Arrival on a donkey (gardabha) results in various losses. On a lion (simha), He grants success, power, and royal honor.

जम्बुक बुद्धि नष्ट कर डारै। मृग दे कष्ट प्राण संहारै॥
जब आवहिं प्रभु स्वान सवारी। चोरी आदि होय डर भारी॥

जब शनि देव जम्बुक अर्थात सियार वाहन पर आते हैं, तो वह समय बुद्धि के दुर्बल होने और निर्णय क्षमता के क्षीण पड़ने का संकेत देता है। मृग यानी हिरण वाहन होने पर मनुष्य को विविध कष्टों का सामना करना पड़ सकता है और जीवन में संकट या स्वास्थ्य संबंधी गंभीर परेशानियाँ भी उत्पन्न हो सकती हैं। यदि शनि देव स्वान अर्थात कुत्ते की सवारी पर प्रकट हों, तो उस अवधि में चोरी, हानि या किसी अनिष्ठ होने का भय अधिक रहता है। कुल मिलाकर शनि के इन वाहनों का आगमन जीवन में सावधानी और संयम बरतने का संकेत माना जाता है।

Jambuka Buddhi Nashta Kara Darai।
Mriga De Kashta Prana Sanharai॥
Jaba Avahin Prabhu Svana Savari।
Chori Adi Hoya Dara Bhari॥

When Shani Dev arrives riding a jackal, it symbolizes a period when intellect becomes weak and one's ability to make sound decisions may diminish. If His vehicle is a deer, it indicates suffering, challenges, and even potential danger to health or life. When Shani Dev rides a dog, it is believed to bring a heightened fear of theft, loss, or other disturbances. In essence, the appearance of Shani Dev on these specific vehicles signifies a time of caution and the need for patience and awareness in life.

तैसहि चारि चरण यह नामा। स्वर्ण लौह चाँजी अरु तामा॥
लौह चरण पर जब प्रभु आवैं। धन जन सम्पत्ति नष्ट करावै॥

शनि देव के चारों चरणों का वर्णन उनके विभिन्न रंगों से किया गया है—स्वर्ण, लौह, चाँदी और ताम्र। जब शनि देव अपने लौह चरण पर प्रकट होते हैं, तो यह सूचित करता है कि उस समय धन, संपत्ति और भौतिक साधन नष्ट होने या क्षति पहुँचने की संभावना रहती है। यह हमें शनि की कड़ी परीक्षा और उसके प्रभाव की चेतावनी देता है।

Taisahi Chari Charana Yaha Nama।
Svarna Lauha Chanji Aru Tama॥
Lauha Charana Para Jaba Prabhu Avain।
Dhana Jana Sampatti Nashta Karavai॥

The four feet of Shani Dev are described by different colors—gold, iron, silver, and copper. When Shani Dev appears on his iron-colored foot, it signifies a period when wealth, property, and material possessions may be damaged or lost. This serves as a reminder of Shani's strict influence and the challenges that may arise during his unfavorable periods.

समता ताम्र रजत शुभकारी। स्वर्ण सर्वसुख मंगल कारी॥
जो यह शनि चरित्र नित गावै। कबहुं न दशा निकृष्ट सतावै॥

शनि देव के चारों चरणों में ताम्र और रजत शुभकारी हैं, जबकि स्वर्ण चरण समस्त सुखों और मंगल कार्यों के प्रदाता हैं। जो व्यक्ति नियमित रूप से शनि देव के इस चरित्र और महिमा का पाठ या गायन करता है, उस पर कभी भी शनि की कठिन और कष्टदायक दशा प्रकट नहीं होती।

Samata Tamra Rajata Shubhakari।
Svarna Sarvasukha Mangala Kari॥
Jo Yaha Shani Charitra Nita Gavai।
Kabahun Na Dasha Nikrishta Satavai॥

Among the four feet of Shani Dev, the copper and silver feet are considered auspicious, while the golden foot brings all happiness and auspicious outcomes. Anyone who regularly recites or sings the glories of Shani Dev is believed to be protected from the hardships and adverse periods associated with Shani.

अदभुत नाथ दिखावैं लीला। करैं शत्रु के नशि बलि ढीला॥
जो पण्डित सुयोग्य बुलवाई। विधिवत शनि ग्रह शान्ति कराई॥

हे नाथ शनि देव, आप अपनी अद्भुत लीलाओं से भक्तों को चकित कर देते हैं। शत्रुओं का अभिमान और बल क्षणभर में नष्ट करने की

शक्ति आप में निहित है। जो व्यक्ति किसी सुयोग्य और विद्वान पंडित को बुलवाकर विधि-विधान से शनि ग्रह की शांति कराता है, उसके जीवन में शनि के दुष्प्रभाव शांत होकर शुभ फल देने लगते हैं।

Adabhuta Natha Dikhavain Lila।
Karain Shatru Ke Nashi Bali Dhila॥
Jo Pandita Suyogya Bulavai।
Vidhivata Shani Graha Shanti Karai॥

O Lord Shani, You reveal extraordinary divine acts that amaze Your devotees. You possess the power to weaken and destroy the pride and strength of enemies in an instant. When a person invites a competent and learned priest to perform the proper rituals for Shani's appeasement, the adverse effects of Shani in their life are pacified, turning into positive and beneficial outcomes.

पीपल जल शनि दिवस चढ़ावत। दीप दान दै बहु सुख पावत॥
कहत राम सुन्दर प्रभु दासा। शनि सुमिरत सुख होत प्रकाशा॥

जो भक्त शनिवार को पीपल और जल चढ़ाकर शनि देव की पूजा करता है, वह दीपदान करता है और बहुत सुख और समृद्धि प्राप्त करता है। श्रीराम ने भी कहा है कि शनि का स्मरण और ध्यान करने वाले भक्तों का जीवन उज्जवल और सुखमय होता है।

Pipala Jala Shani Divasa Chadhavata।
Dipa Dana Dai Bahu Sukha Pavata॥
Kahata Rama Sundara Prabhu Dasa।
Shani Sumirata Sukha Hota Prakasha॥:

A devotee who offers water and worships the Peepal tree on Saturday attains great happiness and prosperity through lamp offerings. Lord Rama also said that those who remember and meditate on Shani Dev experience a bright and joyful life.

॥ दोहा ॥

पाठ शनिश्चर देव को, कीन्हों विमल तैयार।
करत पाठ चालीस दिन, हो भवसागर पार॥

जो भक्त श्रद्धा और समर्पण के साथ शनिदेव को समर्पित चालीसा का पाठ करता है और इसे पूरे 40 दिन नियमित रूप से करता है, वह जीवन के सभी दुखों और बाधाओं को पार करके मोक्ष और भवसागर से उद्धार प्राप्त करता है।

॥ Doha ॥

Patha Shanishchara Deva Ko, Kinhon Vimala Taiyara।
Karata Patha Chalisa Dina, Ho Bhavasagara Para॥

A devotee who faithfully recites the Shani Chalisa dedicated to Lord Shani for 40 consecutive days purifies his mind and soul, ultimately crossing the ocean of worldly suffering and attaining liberation.

श्री शनि देव अष्टोत्तर शतनामावली

Shri Shani Dev Ashtottara Shatanamavali

शनैश्चर Shanaishchara

ॐ श्री शनैश्चराय नमः।

धीमी गति से चलने वाले

Om Shri Shanaishcharaya Namah।

The One Who Moves Slowly

शान्त Shanta

ॐ शान्ताय नमः।

शांत रहने वाले

Om Shantaya Namah।

The Peaceful One

सर्वाभीष्टप्रदायिन् Sarvabhishtapradayin

ॐ सर्वाभीष्टप्रदायिने नमः।

सभी इच्छाओं को पूरा करने वाले

Om Sarvabhishtapradayine Namah।

The Fulfiller of All Desires

शरण्य Sharanya

ॐ शरण्याय नमः।

शरण देने वाले

Om Sharanyaya Namah।

The Protector

वरेण्य Varenya

ॐ वरेण्याय नमः।

श्रेष्ठतम

Om Varenyaya Namah।

The Most Excellent One

सर्वेश Sarvesha

ॐ सर्वेशाय नमः।

सभी के ईश्वर

Om Sarveshaya Namah।

The Lord of All

सौम्य Saumya

ॐ सौम्याय नमः।

कोमल स्वभाव वाले

Om Saumyaya Namah।

The Mild One

सुरवन्द्य Suravandy

ॐ सुरवन्द्याय नमः।

देवताओं द्वारा पूजे जाने वाले

Om Suravandyaya Namah।

The One Who is Fit to be Worshipped by Suras

सुरलोकविहारिण् Suralokaviharin

ॐ सुरलोकविहारिणे नमः।

देवलोक में विचरण करने वाले

Om Suralokaviharine Namah।

The One Who Wanders in the World of Suras

सुखासनोपविष्ट Sukhasanopavishta

ॐ सुखासनोपविष्टाय नमः।

सुख आसन पर विराजमान

Om Sukhasanopavishtaya Namah।

The One Seated Upon a Comfortable

सुन्दर Sundara

ॐ सुन्दराय नमः।

सुंदर

Om Sundaraya Namah।

The Beautiful One

घन Ghana

ॐ घनाय नमः।

शक्तिशाली

Om Ghanaya Namah।

The Solid One

घनरूप Ghanarupa

ॐ घनरूपाय नमः।

विशाल रूप वाले

Om Ghanarupaya Namah।

The One with a Solid Form

घनाभरणधारिण् Ghanabharanadharin

ॐ घनाभरणधारिणे नमः।

बादलों के आभूषण पहनने वाले

Om Ghanabharanadharine Namah।

The One Who Wears an Iron Ornament

घनसारविलेप Ghanasaravilepa

ॐ घनसारविलेपाय नमः।

कपूर का लेप लगाने वाले

Om Ghanasaravilepaya Namah।

The One Anointed with Camphor

खद्योत Khadyota

ॐ खद्योताय नमः।

आकाश में चमकने वाले

Om Khadyotaya Namah।

The Light of the Sky

मन्द Manda

ॐ मन्दाय नमः।

धीमी गति वाले

Om Mandaya Namah।

The Slow One

मन्दचेष्ट Mandacheshta

ॐ मन्दचेष्टाय नमः।

धीमी चेष्टा वाले

Om Mandacheshtaya Namah।

The Slow Moving One

महनीयगुणात्मन् Mahaniyagunatman

ॐ महनीयगुणात्मने नमः।

महान गुणों से संपन्न

Om Mahaniyagunatmane Namah।

The One with Glorious Qualities

मर्त्यपावनपद Martyapavanapada

ॐ मर्त्यपावनपदाय नमः।

जिसके चरणों की पूजा मनुष्यों को शुद्ध करती है

Om Martyapavanapadaya Namah।

The One (the Worship at) Whose Feet Purifies Mortals

महेश Mahesha

ॐ महेशाय नमः।

महान प्रभु

Om Maheshaya Namah।

The Great Lord

छायापुत्र Chhayaputra

ॐ छायापुत्राय नमः।

छाया के पुत्र को नमन

Om Chhayaputraya Namah।

The Son of Chaya

शर्व Sharva

ॐ शर्वाय नमः।

जो दंड देने वाला है

Om Sharvaya Namah।

The One Who Injures

शततूणीरधारिण् Shatatuniradharin

ॐ शततूणीरधारिणे नमः।

जो अपने पास सौ बाणों का कोप रखे हुए हैं

Om Shatatuniradharine Namah।

The One Who Bears a Quiver of a Hundred Arrows

चरस्थिरस्वभाव Charasthirasvabhava

ॐ चरस्थिरस्वभावाय नमः।

जो हमेशा धैर्यपूर्वक और निश्चित गति से चलता है

Om Charasthirasvabhavaya Namah।

The One Whose Nature is to Move Steadily

अचंचल Achanchala

ॐ अचंचलाय नमः।

स्थिरस्वभावी

Om Achanchalaya Namah।

The Steady One

नीलवर्ण Nilavarna

ॐ नीलवर्णाय नमः।

जिनका वर्ण नीला है

Om Nilavarnaya Namah।

The Blue-Colored One

नित्य Nitya

ॐ नित्याय नमः।

शाश्वतस्वरूपी

Om Nityaya Namah।

The Eternal One

नीलांजननिभ Nilanjananibha

ॐ नीलांजननिभाय नमः।

जिनका रंग नीलकान्त या नीले मरहम सा है

Om Nilanjananibhaya Namah।

The One with the Appearance of Blue Ointment

नीलाम्बरविभूषण Nilambaravibhushana

ॐ नीलाम्बरविभूषणाय नमः।

नीलवर्णवस्त्रधारी

Om Nilambaravibhushanaya Namah।

The One Adorned with a Blue Garment

निश्चल Nishchala

ॐ निश्चलाय नमः।

स्थिरगामी

Om Nishchalaya Namah।

The Steady One

वेद्य Vedya

ॐ वेद्याय नमः।

जिसका ज्ञान होना आवश्यक है

Om Vedyaya Namah।

The One Who is to be Known

विधिरूप Vidhirupa

ॐ विधिरूपाय नमः।

जिसका रूप पवित्र सिद्धांतों जैसा है

Om Vidhirupaya Namah।

The One Who has the Form of the Sacred Precepts

विरोधाधारभूमी Virodhadharabhumi

ॐ विरोधाधारभूमये नमः।

कठिनाइयों और बाधाओं को धारण करेन वाले

Om Virodhadharabhumaye Namah।

The Ground that Supports Obstacles

भेदास्पदस्वभाव Bhedaspadasvabhava

ॐ भेदास्पदस्वभावाय नमः।

वियोगस्वभावी

Om Bhedaspadasvabhavaya Namah।

The One Whose Nature is the Place of Separation

वज्रदेह Vajradeha

ॐ वज्रदेहाय नमः।

वज्रकाय

Om Vajradehaya Namah।

The One with a Body Like a Thunderbolt

वैराग्यद Vairagyada

ॐ वैराग्यदाय नमः।

मोहमुक्ति और आसक्ति-त्याग प्रदान करने वाले

Om Vairagyadaya Namah।

The Bestower of Non-Attachment

वीर Vira

ॐ वीराय नमः।

पराक्रम और वीरता का प्रतीक

Om Viraya Namah।

The Hero

वीतरोगभय Vitarogabhaya

ॐ वीतरोगभयाय नमः।

भक्तों को रोग और भय से मुक्त करने वाले

Om Vitarogabhayaya Namah।

The One Who is Free of Disease and Fear

विपत्परम्परेश Vipatparamparesha

ॐ विपत्परम्परेशाय नमः।

कठिनाइयों और विपत्तियों के नियंत्रक

Om Vipatparampareshaya Namah।

The Lord of Successive Misfortune

विश्ववन्द्य Vishvavandya

ॐ विश्ववन्द्याय नमः।

सर्वपूज्य

Om Vishvavandyaya Namah।

The One Who is Fit to be Worshipped by All

गृध्रवाह Gridhnavaha

ॐ गृध्रवाहाय नमः।

गिद्धवाहनधारी

Om Gridhnavahaya Namah।

The One Whose Mount is a Vulture

गूढ़ Gudha

ॐ गूढ़ाय नमः।

अदृश्य

Om Gudhaya Namah।

The Hidden One

कूर्माङ्ग Kurmanga

ॐ कूर्माङ्गाय नमः।

कछुवारूपधारी

Om Kurmangaya Namah।

The One with the Body of a Tortoise

कुरूपिण् Kurupin

ॐ कुरूपिणे नमः।

जिसका रूप असाधारण है

Om Kurupine Namah।

The One with an Unusual Appearance

कुत्सित Kutsita

ॐ कुत्सिताय नमः।

जिनका सम्मान नहीं किया जाता, परंतु वह न्यायपूर्ण हैं

Om Kutsitaya Namah।

The One Who is Despised

गुणाढ्य Gunadhya

ॐ गुणाढ्याय नमः।

सद्गुणों से परिपूर्ण

Om Gunadhyaya Namah।

The One Abounding in Good Qualities

गोचर Gochara

ॐ गोचराय नमः।

जो कर्म और इंद्रियों के परिमाण को नियंत्रित करता है

Om Gocharaya Namah।

The One Associated with the Range of the Senses (the Field of Action)

अविद्यामूलनाश Avidyamulanasha

ॐ अविद्यामूलनाशाय नमः।

भक्तों को अज्ञान से मुक्त करने वाले

Om Avidyamulanashaya Namah।

The Destroyer of the Root of Ignorance

विद्याविद्यास्वरूपिण् Vidyavidyasvarupin

ॐ विद्याविद्यास्वरूपिणे नमः।

सृष्टि में न्याय और कर्म के माध्यम से सीख देने वाली जटिल प्रकृति वाले देवता

Om Vidyavidyasvarupine Namah।

The One Whose Nature is Both Knowledge and Ignorance

आयुष्यकारण Ayushyakarana

ॐ आयुष्यकारणाय नमः।

दीर्घायु और स्वास्थ्य प्रदान करने वाले

Om Ayushyakaranaya Namah।

The Cause of Long Life

आपदुद्धर्त्रे Apaduddhartra

ॐ आपदुद्धर्त्रे नमः।

दुर्भाग्य हरने वाले

Om Apaduddhartre Namah।

The Remover of Misfortune

विष्णुभक्त Vishnubhakta

ॐ विष्णुभक्ताय नमः।

विष्णु भक्त

Om Vishnubhaktaya Namah।

The Devotee of Vishnu

वशिन् Vashin

ॐ वशिने नमः।

संयमी

Om Vashine Namah।

The Self-Controlled One

विविधागमवेदिन् Vividhagamavedin

ॐ विविधागमवेदिने नमः।

चिविध शास्त्रों के ज्ञाता

Om Vividhagamavedine Namah।

The Knower of Manifold Scriptures

विधिस्तुत्य Vidhistutya

ॐ विधिस्तुत्याय नमः।

सभी पवित्र कर्मकांडों और यज्ञों द्वारा स्तुत करने योग्य

Om Vidhistutyaya Namah।

The One Who is Fit to be Praised with Sacred Rites

वन्द्य Vandya

ॐ वन्द्याय नमः।

सभी द्वारा श्रद्धा और भक्ति से पूजनीय

Om Vandyaya Namah।

The One Who is Fit to be Worshipped

विरूपाक्ष Virupaksha

ॐ विरूपाक्षाय नमः।

बहुनेत्रधारी

Om Virupakshaya Namah।

The One with Manifold Eyes

वरिष्ठ Varishtha

ॐ वरिष्ठाय नमः।

परम उत्कृष्ट

Om Varishthaya Namah।

The Most Excellent One

गरिष्ठ Garishtha

ॐ गरिष्ठाय नमः।

अत्यंत पूजनीय

Om Garishthaya Namah।

The Most Venerable One

वज्रांकुशधर Vajrankushadhara

ॐ वज्रांकुशधराय नमः।

वज्र-दण्डधारी

Om Vajrankushadharaya Namah।

The One who Holds a Thunderbolt-Goad

वरदाभयहस्त Varadabhayahasta

ॐ वरदाभयहस्ताय नमः।

वरप्रदायक और भयहरता प्रदान करने वाले

Om Varadabhayahastaya Namah।

The One Whose Hands Grant Boons and Remove Fear

वामन Vamana

ॐ वामनाय नमः।

लघु रूपधारी

Om Vamanaya Namah।

The Dwarf

ज्येष्ठापत्नीसमेत Jyeshthapatnisameta

ॐ ज्येष्ठापत्नीसमेताय नमः।

ज्येष्ठा देवी के सहचर, लक्ष्मी की बड़ी बहन की संगति वाले

Om Jyeshthapatnisametaya Namah।

The One Whose Wife is Jyestha (the Devi of Misfortune, Elder Sister of Lakshmi)

श्रेष्ठ Shreshtha

ॐ श्रेष्ठाय नमः।

परम उत्कृष्ट

Om Shreshthaya Namah।

The Most Excellent One

मितभाषिण् Mitabhashin

ॐ मितभाषिणे नमः।

वाणी में संयम रखने वाले

Om Mitabhashine Namah।

The One with Measured Speech

कष्टौघनाशकर्त्र Kashtaughanashakartra

ॐ कष्टौघनाशकर्त्रे नमः।

कष्टों का नाश करने वाले

Om Kashtaughanashakartre Namah।

The Destroyer of an Abundance of Troubles

पुष्टिद Pushtida

ॐ पुष्टिदाय नमः।

संपत्ति देने वाले

Om Pushtidaya Namah।

The Bestower of Prosperity

स्तुत्य Stutya

ॐ स्तुत्याय नमः।

सर्वपूज्य

Om Stutyaya Namah।

The One Who is Fit to Praised

स्तोत्रगम्य Stotragamya

ॐ स्तोत्रगम्याय नमः।

Om Stotragamyaya Namah।

जिस तक स्तुतिगीतों के माध्यम से पहुँचा जा सकता है

The One Who is Accessible Through Hymns of Praise

भक्तिवश्य Bhaktivashya

ॐ भक्तिवश्याय नमः।

भक्ति से वश में आने वाला

Om Bhaktivashyaya Namah।

The One Who is Subdued by Devotion

भानु Bhanu

ॐ भानवे नमः।

प्रकाशमान

Om Bhanave Namah।

The Bright One

भानुपुत्र Bhanuputra

ॐ भानुपुत्राय नमः।

सूर्यपुत्र

Om Bhanuputraya Namah।

The Son of Bhanu (the Sun)

भव्य Bhavya

ॐ भव्याय नमः।

शुभकारी

Om Bhavyaya Namah।

The Auspicious One

पावन Pavana

ॐ पावनाय नमः।

शुद्धिकर्ता

Om Pavanaya Namah।

The Purifier

धनुर्मण्डलसंस्था Dhanurmandalasamstha

ॐ धनुर्मण्डलसंस्थाय नमः।

जो धनुष के वलय में स्थित है

Om Dhanurmandalasamsthaya Namah।

The One Who Stays in the Circle of the Bow

धनदा Dhanada

ॐ धनदाय नमः।

धन देने वाला

Om Dhanadaya Namah।

The Bestower of Wealth

धनुष्मत् Dhanushmat

ॐ धनुष्मते नमः।

धनुर्धर

Om Dhanushmate Namah।

The Archer

तनुप्रकाशदेह Tanuprakashadeha

ॐ तनुप्रकाशदेहाय नमः।

विशिष्ट शारीरिक संरचना और गंभीर, संयमी स्वरूप वाले

Om Tanuprakashadehaya Namah।

The One Whose Body has a Thin Appearance

तामस Tamasa

ॐ तामसाय नमः।

तमोगुणधारी

Om Tamasaya Namah।

The One Associated with Tamoguna

अशेषजनवन्द्य Asheshajanavandya

ॐ अशेषजनवन्द्याय नमः।

सभी प्राणियों द्वारा पूजनीय

Om Asheshajanavandyaya Namah।

The One Who is Fit to be Worshipped by All Living Beings

विशेषफलदायिन् Visheshaphaladayin

ॐ विशेषफलदायिने नमः।

विवेकफल देने वाला

Om Visheshaphaladayine Namah।

The Bestower of the Fruit of Discrimination

वशीकृतजनेश Vashikritajanesha

ॐ वशीकृतजनेशाय नमः।

सर्वजीवों के स्वामी, जिन्होंने आत्म-नियंत्रण प्राप्त किया है

Om Vashikritajaneshaya Namah।

The Lord of Living Beings Who have Accomplished Self-Control

पशूनां पति Pashunam Pati

ॐ पशूनां पतये नमः।

पशुओं के स्वामी

Om Pashunam Pataye Namah।

The Lord of Animals

खेचर Khechara

ॐ खेचराय नमः।

आकाशगामी

Om Khecharaya Namah।

The One Who Moves Through the Sky

खगेश Khagesha

ॐ खगेशाय नमः।

ग्रहों के अधिपति

Om Khageshaya Namah।

The Lord of Planets

घननीलाम्बर Ghananilambara

ॐ घननीलाम्बराय नमः।

गहरे नीले रंग के वस्त्र से अलंकृत

Om Ghananilambaraya Namah।

The One Who Wears a Dense Blue Garment

काठिन्यमानस Kathinyamanasa

ॐ काठिन्यमानसाय नमः।

कठोर, अडिग और न्यायप्रिय मन वाले

Om Kathinyamanasaya Namah।

The Stern-Minded One

आर्यगणस्तुत्य Aryaganastutya

ॐ आर्यगणस्तुत्याय नमः।

श्रेष्ठ जनों के लिए स्तुति योग्य

Om Aryaganastutyaya Namah।

The One Who is Fit to Praised by a Multitude of Aryas

नीलच्छत्र Nilachchhatra

ॐ नीलच्छत्राय नमः।

नीला छत्र धारण करने वाले

Om Nilachchhatraya Namah।

The One with a Blue Umbrella

नित्य Nitya

ॐ नित्याय नमः।

सदैव अस्तित्व में रहने वाले

Om Nityaya Namah।

The Eternal One

निर्गुण Nirguna

ॐ निर्गुणाय नमः।

गुणों से रहित, सर्वव्यापी और अद्वितीय

Om Nirgunaya Namah।

The One Without Attributes

गुणात्मन् Gunatman

ॐ गुणात्मने नमः।

दिव्य गुणों से परिपूर्ण

Om Gunatmane Namah।

The One with Attributes

निरामय Niramaya

ॐ निरामयाय नमः।

रोगों से रहित

Om Niramayaya Namah।

The One Who is Free from Disease

निन्द्य Nindya

ॐ निन्द्याय नमः।

कर्मों के अनुसार दोष या पीड़ा देने वाले

Om Nindyaya Namah।

The Blamable One

वन्दनीय Vandaniya

ॐ वन्दनीयाय नमः।

पूजनीय और सम्माननीय स्वरूप वाले

Om Vandaniyaya Namahl

The One Wo is Fit to be Worshipped

धीर Dhira

ॐ धीराय नमः।

अपने संकल्प में अडिग

Om Dhiraya Namahl

The Resolute One

दिव्यदेह Divyadeha

ॐ दिव्यदेहाय नमः।

दिव्य और पवित्र शरीर वाले

Om Divyadehaya Namahl

The One with a Celestial Body

दीनार्तिहरण Dinartiharana

ॐ दीनार्तिहरणाय नमः।

पीड़ितों और दुखियों को राहत देने वाले

Om Dinartiharanaya Namah।

The Remover of the Suffering of Those in Distress

दैन्यनाशकराय Dainyanashakaraya

ॐ दैन्यनाशकराय नमः।

पीड़ाओं और क्लेशों को दूर करने वाले

Om Dainyanashakaraya Namah।

The Destroyer of Affliction

आर्यजनगण्य Aryajanaganya

ॐ आर्यजनगण्याय नमः।

योग्य व्यक्तियों के समुदाय से संबंधित

Om Aryajanaganyaya Namah।

The One Who is a Member of the Arya People

क्रूर Krura

ॐ क्रूराय नमः।

कर्मों के अनुसार निष्पक्ष कठोरता और न्यायप्रियता को दर्शाने वाले

Om Kruraya Namah।

The Cruel One

क्रूरचेष्ट Kruracheshta

ॐ क्रूरचेष्टाय नमः।

कर्मों के अनुसार कठोर न्याय और दंड देने की शक्ति

Om Kruracheshtaya Namah।

The One Who Acts Cruelly

कामक्रोधकर Kamakrodhakara

ॐ कामक्रोधकराय नमः।

कर्मफल देने की शक्ति और मनोभावों पर नियंत्रण रखने वाले

Om Kamakrodhakaraya Namah।

The Maker of Desire and Anger

कलत्रपुत्रशत्रुत्वकारण Kalatraputrashatrutvakarana

ॐ कलत्रपुत्रशत्रुत्वकारणाय नमः।

कर्मों के अनुसार फल देने और अनुशासनात्मक शक्ति को दर्शाने वाले

Om Kalatraputrashatrutvakaranaya Namah।

The Cause of Hostility of Wife and Son

परिपोषितभक्त Pariposhitabhakta

ॐ परिपोषितभक्ताय नमः।

अपने भक्तों की रक्षा और सहायता करने वाले

Om Pariposhitabhaktaya Namah।

The One Whose Devotees are Supported

परभीतिहर Parabhitihara

ॐ परभीतिहराय नमः।

महानतम भय हरने वाले

Om Parabhitiharaya Namah।

The Remover of the Greatest Fear

भक्तसंघमनोऽभीष्टफलद

Bhaktasamghamanoabhishtaphalada

ॐ भक्तसंघमनोऽभीष्टफलदाय नमः।

दयालुता, आशीर्वाद और भक्तों के प्रति अनुकंपा दर्शाने वाले

Om Bhaktasamghamanoabhishtaphaladaya Namah।

The Bestower of the Fruits that are Desired in the Minds of a Multitude of Devotees

॥ इति श्रीशनि अष्टोत्तरशतनामावलिः सम्पूर्णा ॥

॥ Iti Shri Shani Ashtottara Shatanamavali Sampurna ॥

शनि कवच
Shani Kavach

हिंदू धर्म और पौराणिक कथाओं के अनुसार शनि कवच भगवान शनि की कृपा प्राप्त करने और जीवन में उनके आशीर्वाद को सुनिश्चित करने का अत्यंत प्रभावशाली साधन है। यह कवच "ब्राह्मण पुराण" से उद्धृत है और इसे नियमित रूप से जाप करने से शनि देव प्रसन्न होते हैं। शनि देव का स्वरूप कठोर और न्यायप्रिय है। वे प्रत्येक व्यक्ति को उसके कर्मों के अनुसार फल प्रदान करते हैं। ज्योतिष शास्त्र में शनि ग्रह को कर्म, पीड़ा, आयु, रोग, सेवा और जीवन में कठिनाइयों का कारक माना गया है। यदि किसी की जन्म कुंडली में शनि की स्थिति कमजोर हो, या उसमें दोष उपस्थित हों, तो जीवन में अनेक प्रकार की समस्याएँ, बाधाएँ और मानसिक तनाव उत्पन्न हो सकते हैं।

शनि कवच का नियमित पाठ मनुष्य को इन संकटों से सुरक्षा प्रदान करता है। यह केवल बाहरी सुरक्षा ही नहीं देता, बल्कि आंतरिक चेतना और मानसिक शक्ति को भी सुदृढ़ करता है। जो व्यक्ति शनि कवच का पाठ करता है, वह न केवल साढ़ेसाती, ढैया, शनि की दशा जैसी ज्योतिषीय बाधाओं से मुक्त रहता है, बल्कि रोग, आर्थिक हानि, पारिवारिक संघर्ष, मानसिक पीड़ा और अन्य जीवन संकटों से भी सुरक्षित रहता है। आध्यात्मिक दृष्टि से शनि कवच का पाठ करने वाला व्यक्ति अपने असली स्व स्वरूप, आत्मा और कर्म के प्रति सजग रहता है। यह पाठ मन को संयम, धैर्य और स्थिरता प्रदान करता है। शनि कवच हमें यह स्मरण कराता है कि

शनि देव का न्याय कठोर है, परन्तु निष्पक्ष और कर्मपरक है।

शनि कवच के नियमित पाठ से मनुष्य की संकल्प शक्ति, मानसिक संतुलन और आध्यात्मिक दृढ़ता बढ़ती है। यह पाठ न केवल जीवन की बाधाओं को दूर करता है, बल्कि भक्त को शनि देव के सहनशील, न्यायप्रिय और दयालु स्वरूप से जोड़ता है। इस प्रकार शनि कवच केवल एक सुरक्षा कवच नहीं, बल्कि आध्यात्मिक अनुशासन, कर्मफल की समझ और जीवन में संतुलन का दिव्य साधन है।

According to Hindu mythology and scriptures, the Shani Kavach is a highly powerful means to receive the blessings of Lord Shani and to ensure His grace in one's life. This kavach is taken from the "Brahma Purana", and regular recitation of it is believed to please Lord Shani. Lord Shani is known for His stern and justice-oriented nature. He rewards each individual according to their karma. In astrology, Saturn (Shani) is considered the planet governing karma, suffering, longevity, disease, service, and the challenges of life. If Saturn is weak or afflicted in one's birth chart, it may lead to many obstacles, difficulties, and mental stress in life.

The regular recitation of the Shani Kavach protects a person from these difficulties. It does not only offer external protection but also strengthens inner consciousness and mental resilience. One who recites the Shani Kavach is said to be safeguarded from Sade Sati,

Dhaiya, Shani's periods (dasha), diseases, financial losses, family conflicts, mental distress, and other life challenges. From a spiritual perspective, the Shani Kavach helps a devotee remain aware of their true self, soul, and karma. The recitation instills discipline, patience, and stability of mind. It reminds us that Lord Shani's justice is strict yet impartial and aligned with the law of karma.

Regular recitation of the Shani Kavach strengthens a person's willpower, mental balance, and spiritual fortitude. It not only removes obstacles in life but also connects the devotee to the tolerant, just, and compassionate nature of Lord Shani. Thus, the Shani Kavach is not merely a protective shield; it is a divine means of spiritual discipline, understanding karma, and maintaining balance in life.

अस्य श्री शनैश्चरकवचस्तोत्रमंत्रस्य कश्यप ऋषिः ॥
अनुष्टुप् छन्दः ॥ शनैश्चरो देवता ॥ शीं शक्तिः ॥
शूं कीलकम् ॥ शनैश्चरप्रीत्यर्थं जपे विनियोगः ॥

यह श्री शनैश्चर कवच स्तोत्र मंत्र है। इस मंत्र के ऋषि कश्यप हैं। यह मंत्र अनुष्टुप छंद में है। इस मंत्र के देवता शनैश्चर अर्थात शनि देव हैं। इस मंत्र की शक्ति या बीज मंत्र "शीं" है। इस मंत्र की कीलक या सुरक्षा बीज "शूं" है। इस मंत्र का जप शनि देव की प्रसन्नता और आशीर्वाद हेतु किया जाता है।

Asya Shri Shanaishchar Kavach Stotra Mantrasya
Kashyapa Rishiḥ॥
Anushtup Chhandaḥ॥ Shanaishcharo Devata॥
Shīm Shaktiḥ॥
Shūm Keelakam॥ Shanaishcharapreetyartham
Jape Viniyogah॥

This is the sacred Shani Kavach Stotra mantra. The sage of this mantra is Kashyapa. The meter of the mantra is Anushtup. The presiding deity of this mantra is Lord Shani. The bija mantra or Shakti syllable is "Sheem". The protective seal syllable is "Shoom". This mantra is intended to be recited for pleasing Lord Shani and receiving his blessings.

निलांबरो नीलवपुः किरीटी गृध्रस्थितस्त्रासकरो धनुष्मान् ।
चतुर्भुजः सूर्यसुतः प्रसन्नः सदा मम स्याद्वरदः प्रशान्तः ॥1॥

यह श्लोक शनि देव के स्वरूप का वर्णन करता है। शनि देव नीला वस्त्र धारण किए हुए, नीले रंग के शरीर वाले, मुकुटधारी, गृध्र पर स्थित, धनुष लिए हुए और त्रासकारक हैं। वे चार भुजाएँ धारण किए हुए हैं। सूर्य के पुत्र होने के नाते वे हमेशा प्रसन्न हैं और मेरे लिए वरदान देने वाले और शांतिदायक हैं।

Nilāmbaro Nīlavapuḥ Kirīṭī Gṛdhrasthitaḥ
Trāsakaro Dhanushmān।
Caturbhujah Sūryasutaḥ Prasannaḥ Sadā Mama Syād
Varadaḥ Praśāntaḥ॥1॥

Shani Dev is clothed in blue garments, has a blue body, wears a crown, and is seated on a vulture. He holds a bow and is formidable. He has four arms. Being the son of the Sun, he is always pleased and bestows blessings, bringing peace and calm to the devotee.

॥ ब्रह्मोवाच ॥

॥ Brahmovāca ॥

श्रुणूध्वमृषयः सर्वे शनिपीडाहरं महत् ।
कवचं शनिराजस्य सौरेरिदमनुत्तमम् ॥2॥

हे मुनियों! आप सभी ध्यानपूर्वक सुनिए। यह शनि राज के लिए रचित महान शनि कवच है, जो शनि की पीड़ा को हराने वाला और अत्युत्तम है। यह कवच विशेष रूप से शनि देव के लिए और उनके प्रभावों से सुरक्षा पाने के लिए अत्यंत प्रभावशाली माना गया है।

Śruṇūdhvaṁ Ṛṣayaḥ Sarve Śanipīḍāharaṁ Mahat।
Kavacaṁ Śanirājasya Saureridam Anuttamam॥2॥

O sages! All of you listen carefully. This is the great Shani Kavach, which removes the afflictions caused by Shani and is most excellent. This kavach is especially composed for Lord Shani and is considered highly effective for protection from his influences.

कवचं देवतावासं वज्रपंजरसंज्ञकम् ।
शनैश्चरप्रीतिकरं सर्वसौभाग्यदायकम् ॥3॥

यह कवच देवताओं का निवासस्थल है और इसे वज्रपंजर के समान माना गया है। यह कवच शनैश्चर की प्रसन्नता देने वाला है और समस्त सौभाग्य, सफलता और कल्याण प्रदान करने वाला है।

Kavacaṁ Devatāvāsaṁ Vajrapaṁjarasañjñakam।
Shanaishcharapritikaraṁ Sarvasaubhāgyadāyakam॥3॥

This kavach is the abode of the deities and is described as resembling a diamond cage. It pleases Lord Shani and bestows all kinds of good fortune, success, and prosperity.

ॐ श्रीशनैश्चरः पातु भालं मे सूर्यनंदनः।
नेत्रे छायात्मजः पातु पातु कर्णौ यमानुजः ॥4॥

ॐ! श्री शनैश्चर मेरी रक्षा करें। मेरी भृकुटि की सुरक्षा करें, जो सूर्य के पुत्र हैं। मेरी आँखों की रक्षा छायात्मज (चंद्रमा के पुत्र) करें और मेरे कानों की सुरक्षा यमानुज (यम देव के पुत्र) करें।

Om Śrī Shanaishcaraḥ Pātu Bhālaṁ
Me Sūryanandanaḥ।
Netre Chāyātmajaḥ Pātu Pātu Karṇau Yamanujaḥ॥4॥

Om! May Lord Shani protect me. May he protect my forehead, the eyes, and may the sons of Chhaya protect my eyes, and the sons of Yama protect my ears.

नासां वैवस्वतः पातु मुखं मे भास्करः सदा।
स्निग्धकंठःश्च मे कंठं भुजौ पातु महाभुजः ॥5॥

नासिका की सुरक्षा वैवस्वत (सूर्य देव) करें। मेरे मुख की रक्षा भास्कर करें। मेरा कंठ स्निग्ध और सुरक्षित रहे, इसकी रक्षा महाभुज (शक्तिशाली भुजधारी) करें।

Nāsāṁ Vaivasvataḥ Pātu Mukhaṁ Me Bhāskaraḥ Sadā।
Snigdhakaṁṭhaḥ Śca Me Kaṇṭhaṁ Bhujau
Pātu Mahābhujaḥ॥5॥

May Vaivasvata (Sun God) protect my nose. May Bhaskara protect my mouth always. May my throat remain smooth and protected, and may the mighty-armed one safeguard my shoulders.

स्कंधौ पातु शनिश्चैव करौ पातु शुभप्रदः ।
वक्षः पातु यमभ्राता कुक्षिं पात्वसितत्सथा ॥6॥

मेरे कंधों की रक्षा शनैश्चर करें और मेरे हाथों की रक्षा शुभ देने वाला करे। मेरा वक्षस्थल यमभ्राता (यम देव का पुत्र) सुरक्षित रखे और पेट की सुरक्षा वसिष्ठ जैसे स्थिर शक्ति करने वाला करे।

Skandhau Pātu Shaniścaiva Karau Pātu Śubhapradaḥ।
Vakṣaḥ Pātu Yamabhrātā Kukṣiṁ Pātvasitatsatā॥6॥

May Shani protect my shoulders, and may the auspicious one safeguard my hands. May my chest be protected by Yamabhraata, and may my abdomen be safeguarded by the steadfast one.

नाभिं ग्रहपतिः पातु मंदः पातु कटिं तथा ।
ऊरू ममांतकः पातु यमो जानुयुगं तथा ॥7॥

मेरी नाभि की रक्षा ग्रहपति करें, मंद ग्रह की शक्ति से मेरी कमर

की रक्षा भी हो। मेरी जाँघें और ऊरू सुरक्षित रहें, और घुटनों की रक्षा यम देव के समान हो।

Nābhiṁ Grahapatiḥ Pātu Mandaḥ Pātu Kaṭiṁ Tathā।
Ūrū Mama Antakaḥ Pātu Yamo Jānuyugaṁ Tathā॥7॥

May the lord of planets protect my navel, and may the gentle one safeguard my waist. May my thighs remain safe, and may my knees be protected by Yama.

पादौ मंदगतिः पातु सर्वांगं पातु पिप्पलः।
अङ्गोपाङ्गानि सर्वाणि रक्षेन्मे सूर्यनंदनः ॥8॥

मेरे चरणों की रक्षा मंद गति वाले शनि देव करें। पिप्पल वृक्ष से जुड़े शनैश्चर मेरा संपूर्ण शरीर सुरक्षित रखें। मेरे सभी अंग और उपांग सूर्यनंदन शनि देव द्वारा सदैव संरक्षित रहें।

Pādau Mandagatiḥ Pātu Sarvāṅgaṁ
Pātu Pippalaḥ।
Aṅgopāṅgāni Sarvāṇi Rakṣenme
Sūryanandanaḥ॥8॥

May the slow-moving one protect my feet. May the one associated with the Peepal tree safeguard my entire body. May the son of the Sun guard all my limbs and sub-limbs at all times.

इत्येतत्कवचं दिव्यं पठेत्सूर्यसुतस्य यः ।
न तस्य जायते पीडा प्रीतो भवति सूर्यजः ॥9॥

जो व्यक्ति सूर्य के पुत्र शनि देव के इस दिव्य कवच का पाठ करता है, उसे किसी प्रकार की पीड़ा उत्पन्न नहीं होती। सूर्यज शनि देव उस भक्त पर प्रसन्न रहते हैं।

Ityetatkavacaṁ Divyaṁ Paṭhet Sūryasutasy Yaḥ।
Na Tasya Jāyate Pīḍā Prīto Bhavati Sūryajaḥ॥9॥

Whoever recites this divine armor of the son of the Sun, Shani, never experiences suffering. The son of the Sun becomes pleased with such a devotee.

व्ययजन्मद्वितीयस्थो मृत्युस्थानगतोऽपि वा ।
कलत्रस्थो गतो वापि सुप्रीतस्तु सदा शनिः ॥10॥

यदि शनि व्यय भाव, जन्म (लग्न), द्वितीय, मृत्यु स्थान (अष्टम) या कलत्र स्थान (सप्तम) में हों—या जहां भी स्थित हों—यदि यह कवच नियमित पढ़ा जाए, तो शनि देव सदैव प्रसन्न रहते हैं और अशुभ फल नहीं देते।

Vyayajanmadvitīyastho Mṛtyusthānagato'pi Vā।
Kalatrastho Gato Vāpi Suprītaḥ Tu Sadā Śaniḥ॥10॥

Even if Saturn is placed in the house of loss, birth (ascendant), second house, the house of death (eighth), or the spouse's house (seventh)—or wherever he may be positioned—if this armor is recited, Shani always remains pleased and does not give harmful results.

अष्टमस्थे सूर्यसुते व्यये जन्मद्वितीयगे ।
कवचं पठतो नित्यं न पीडा जायते क्वचित् ॥11॥

जब सूर्यपुत्र शनि अष्टम भाव, व्यय भाव, जन्म (लग्न) या द्वितीय भाव में स्थित हों—इन स्थानों में उनकी उपस्थिति सामान्यतः पीड़ा या कष्ट देने वाली होती है—परंतु जो व्यक्ति इस कवच का नित्य पाठ करता है, उसे कभी भी कोई पीड़ा नहीं होती।

Aṣṭamasthē Sūryasutē Vyayē Janmadvitīyagē।
Kavacaṁ Paṭhatō Nityaṁ Na Pīḍā Jāyatē Kvacit॥11॥

When Saturn, the son of the Sun, is positioned in the eighth house, the house of loss, the ascendant, or the second house—positions that usually bring difficulties—one who recites this armor daily never experiences any suffering.

इत्येतत्कवचं दिव्यं सौरेर्यनिर्मितं पुरा ।
द्वादशाष्टमजन्मस्थदोषान्नाशायते सदा ।
जन्मलग्नास्थितान्दोषान्सर्वान्नाशयते प्रभुः ॥12॥

यह दिव्य शनि कवच, जिसे प्राचीन काल में सूर्यपुत्र शनि देव द्वारा बनाया गया था, जन्म कुंडली के द्वादश (व्यय), अष्टम (मृत्यु/कष्ट), और लग्न आदि भावों में उपस्थित दोषों का नाश करता है। जो भी दोष जन्मलग्न या जीवन के महत्वपूर्ण भावों में स्थित हों, यह कवच उनका पूर्णतः नाश कर देता है और भक्त की रक्षा करता है।

Ityetatkavacaṁ Divyaṁ Saureryanirmitaṁ Purā।
Dvādaśāṣṭamajanmasthadōṣānnāśāyatē Sadā।
Janmalagnāsthitāndōṣān Sarvānnāśayatē Prabhuḥ॥12॥

This divine armor, created long ago by the son of the Sun, Shani, constantly destroys the afflictions arising from the twelfth, eighth, and birth-related houses. It eradicates all the defects situated in the ascendant and other vital houses of one's horoscope.

॥ इति श्रीब्रह्मांडपुराणे ब्रह्म–नारदसंवादे शनैश्चरकवचं संपूर्णं ॥

॥Thus ends the Shani Kavach, as revealed in the dialogue between Brahma and Narada in the Brahmanda Purana॥

दशरथकृत शनि स्तोत्र
Dashrathakrit Shani Sotra

दशरथकृत शनि स्तोत्र हिन्दू धर्म में शनि देव के महत्व को रेखांकित करने वाला एक प्राचीन स्तोत्र है। इसे महाराज दशरथ, जिन्हें रामायण में दशरथ के नाम से जाना जाता है, ने रचित माना जाता है। इस स्तोत्र का मूल उद्देश्य शनि देव के स्वरूप, उनके न्यायप्रिय और दंडकारी व्यक्तित्व, तथा उनके जीवन में पड़ने वाले प्रभावों को स्पष्ट रूप से दर्शाना है। शनि देव हिन्दू ज्योतिष में कर्मफलदाता के रूप में प्रतिष्ठित हैं। वे किसी को भी सजा नहीं देते, बल्कि उनके कर्मों के अनुसार जीवन में बाधाओं और अवसरों का न्यायपूर्ण वितरण करते हैं। इस स्तोत्र के माध्यम से भक्त शनि देव के दंड और कृपा दोनों पहलुओं का अनुभव करते हैं और जीवन में संतुलन और न्याय की अनुभूति प्राप्त करते हैं।

दशरथकृत शनि स्तोत्र का महत्व अत्यंत व्यापक है। यह केवल एक साधारण स्तोत्र नहीं है, बल्कि यह व्यक्ति के जीवन में धैर्य, संयम और नैतिकता का संचार करने वाला साधन है। शनि देव को हिन्दू धर्म में “कर्म के न्यायधारी” के रूप में देखा जाता है, और उनका प्रभाव किसी के भी जीवन में गहरा पड़ सकता है। स्तोत्र का नियमित पाठ करने से न केवल शनि दोष से उत्पन्न कष्टों का निवारण होता है, बल्कि व्यक्ति को अपने कर्मों का मूल्यांकन करने, गलतियों का ज्ञान होने और उन्हें सुधारने की प्रेरणा भी मिलती है। सामाजिक दृष्टि से, यह स्तोत्र न्यायप्रियता और सच्चाई

की भावना को जगाता है, और आध्यात्मिक दृष्टि से यह भक्त को धैर्य, सहनशीलता और कर्मों के फल की प्रतीक्षा करने का बल प्रदान करता है।

पाठ की विधि

स्थान और समय: शनि स्तोत्र का पाठ किसी शांत, स्वच्छ और पवित्र स्थान पर करना चाहिए। शनिवार का दिन विशेष रूप से शुभ माना जाता है। पाठ के समय पीपल के पेड़, काले तिल या सरसों के तेल का दीपक अर्पित करना लाभदायक है।

शुद्धिकरण: पाठ से पहले हाथ और मुख धोकर स्वच्छ वस्त्र पहनना चाहिए। पाठ करते समय मानसिक रूप से ध्यान शनि देव पर केंद्रित होना चाहिए, ताकि पाठ के दौरान ऊर्जा और भक्ति का प्रवाह सीधे देवता तक पहुँच सके।

पाठ की मात्रा और नियमितता: प्रतिदिन 11, 21 या 108 बार स्तोत्र का पाठ किया जा सकता है। विशेष लाभ के लिए इसे लगातार 40 दिन तक करना अत्यंत शुभ माना जाता है। पाठ से पूर्व भक्त संकल्प लेता है कि यह स्तोत्र शनि दोष निवारण और जीवन में संतुलन स्थापित करने के लिए किया जा रहा है। पाठ के बाद शांति भाव और समर्पण के साथ शनि देव को प्रार्थना करनी चाहिए।

दशरथकृत शनि स्तोत्र में शनि देव के कठोर दंड और कृपालु रूप दोनों का वर्णन मिलता है। यह स्पष्ट करता है कि शनि देव न्याय के सर्वोच्च अधिकारी हैं और उनके निर्णय निष्पक्ष होते हैं। साथ ही, यह

स्तोत्र भक्तों को यह भी सिखाता है कि यदि कोई व्यक्ति ईमानदारी, भक्ति और समर्पण के साथ शनि देव की उपासना करता है, तो वे अपने कृपालु रूप में उनके जीवन को बाधाओं और कठिनाइयों से मुक्त कर देते हैं। जीवन में आने वाली चुनौतियाँ शनि

देव की परीक्षा हैं, और इस स्तोत्र का पाठ करते समय भक्त को यह समझने और स्वीकार करने की प्रेरणा मिलती है कि सभी घटनाएँ कर्म और न्याय के अनुरूप होती हैं।

विशेष लाभ

कर्मफल में सुधार: इस स्तोत्र के नियमित पाठ से व्यक्ति के कर्मों के नकारात्मक परिणाम कम होते हैं और अच्छे कर्मों के प्रभाव बढ़ते हैं।

आर्थिक और पारिवारिक स्थिरता: शनि दोष से उत्पन्न कठिनाइयाँ जीवन में बाधक बन सकती हैं, लेकिन इस स्तोत्र के पाठ से आर्थिक संकट और पारिवारिक असंतुलन दूर होते हैं।

मानसिक और आध्यात्मिक लाभ: शनि देव की कृपा से व्यक्ति में धैर्य, विवेक, सहनशीलता और मानसिक शक्ति का विकास होता है। यह स्तोत्र भय, चिंता और असुरक्षा की अनुभूति को कम करता है, जिससे जीवन में स्थिरता और संतुलन आता है।

सामाजिक प्रभाव: शनि देव के न्याय और कर्मफल की सीख व्यक्ति को समाज में नैतिकता और सही निर्णय लेने की क्षमता देती है। यह स्तोत्र जीवन में न्यायप्रियता, आत्मअनुशासन और परिश्रम की भावना को बढ़ाता है।

The Dasharathkrit Shani Stotra is an ancient hymn that highlights the significance of Lord Shani in Hinduism. It is believed to have been composed by King Dasharath, who is known in the Ramayana by the same name. The primary purpose of this stotra is to describe the form of Lord Shani, his just and disciplinary nature, and the influence he exerts in the lives of individuals. In Hindu astrology, Lord Shani is revered as the dispenser of karmic results. He does not punish anyone arbitrarily; rather, he ensures a just distribution of obstacles and opportunities according to one's deeds. Through this stotra, devotees experience both the disciplinary and benevolent aspects of Lord Shani, gaining a sense of balance and justice in life.

The significance of the Dasharathkrit Shani Stotra is immense. It is not merely an ordinary hymn but a tool that instills patience, discipline, and moral integrity in one's life. Lord Shani is regarded in Hinduism as the "arbiter of karma," and his influence can profoundly affect anyone's life. Regular recitation of this stotra helps alleviate the hardships caused by Shani Dosha while encouraging individuals to evaluate their actions, recognize mistakes, and correct them. From a social perspective, the stotra cultivates a sense of justice and truthfulness, and spiritually, it strengthens the devotee's patience, endurance, and capacity to await the results of their actions.

Method of Recitation

Place and Time: The stotra should be recited in a quiet, clean, and sacred place. Saturday is considered especially auspicious. Offering a lamp with black sesame seeds, mustard oil, or beneath a Peepal tree during the recitation is beneficial.

Purification: Before beginning, one should wash their hands and face and wear clean clothes. While reciting, the devotee should focus mentally on Lord Shani so that the energy and devotion flow directly to the deity.

Frequency and Regularity: The stotra can be recited 11, 21, or 108 times daily. For special benefits, it is highly auspicious to recite it consistently for 40 days. Before reciting, devotees should take a vow that this stotra is being chanted for the alleviation of Shani Dosha and to establish balance in life. After the recitation, one should offer prayers with a feeling of peace and devotion.

The Dasharathkrit Shani Stotra describes both the stern and benevolent aspects of Lord Shani. It emphasizes that Shani is the supreme authority of justice, and his decisions are impartial. The stotra also teaches that if a devotee worships Lord Shani with honesty, devotion, and surrender, he can bestow his benevolent grace, removing obstacles and difficulties from their life. Life's challenges are viewed as tests from Lord Shani, and while reciting the stotra, devotees are inspired to understand and accept that all events occur in accordance with karma and justice.

Special Benefits

Improvement of Karmic Results: Regular recitation reduces the negative effects of past deeds while enhancing the positive impact of good actions.

Economic and Familial Stability: The hardships caused by Shani Dosha can disrupt life, but chanting this stotra can alleviate financial difficulties and familial discord.

Mental and Spiritual Benefits: With Lord Shani's grace, one develops patience, wisdom, endurance, and mental strength. The stotra helps reduce fear, anxiety, and feelings of insecurity, bringing stability and balance to life.

Social Impact: The teachings of Lord Shani regarding justice and karmic results enhance a person's ability to act ethically and make correct decisions in society. This stotra fosters justice, self-discipline, and diligence in life.

स्तोत्र

(Sotra)

प्रसन्नो यदि मे सौरे ! एकश्चास्तु वरः परः ॥
रोहिणीं भेदयित्वा तु न गन्तव्यं कदाचन् ।
सरितः सागरा यावद्यावच्चन्द्रार्कमेदिनी ॥

यदि सूर्य देव पुत्र शनि मेरे प्रति प्रसन्न हैं, तो मुझे कोई विशेष वरदान प्राप्त हो। रोहिणी (नक्षत्र/नदी) को पार करते हुए भी मैं उस स्थान पर कभी नहीं जाऊँगा, चाहे नदियाँ, समुद्र, चंद्रमा, सूर्य या पृथ्वी तक हों।

Prasanno yadi me saure! Ekashchāstu varah parah.
Rohiṇīm bhedayitvā tu na gantavyaṃ kadāchan.
Saritaḥ sāgarā yāvadyāvac chandrārkamedinī.

If Lord Shani is pleased with me, may He grant me a special boon. Even while crossing Rohini (a star/river), I shall never go to that place, from rivers to seas, from the moon and sun to the Earth.

याचितं तु महासौरे! नऽन्यमिच्छाम्यहं ।
एवमस्तुशनिप्रोक्तं वरलब्ध्वा तु शाश्वतम् ॥
प्राप्यैवं तु वरं राजा कृतकृत्योऽभवत्तदा ।
पुनरेवाऽब्रवीत्तुष्टो वरं वरम् सुव्रत ॥

हे महा सूर्यदेव पुत्र शनि! मैंने जो वरदान याचित किया है, वही मुझे पर्याप्त है; मैं अन्य कोई वर नहीं चाहता। इस प्रकार आपकी आज्ञा से प्राप्त वरदान के साथ राजा अत्यंत संतुष्ट और कृतकृत्य हुआ। तत्पश्चात् वह पुनः प्रसन्न होकर, सुव्रत होकर, वरदान का पुनः स्मरण करता है और अधिक वर की कामना नहीं करता।

Yācitaṁ tu Mahāsaure! Na anyam icchāmyahaṁ.
Evam astu niproktam varalabdhvā tu śāśvatam॥
Prāpyaiṁ tu varaṁ rājā kṛtakṛtyo'bhavattadā.
Punarevā'bravītuṣṭo varaṁ varam suvrata॥

O great Shni God! The boon I requested is enough; I do not desire any other boon. Having thus received the boon according to your command, the king became extremely grateful and fulfilled. Then, once again, fully satisfied and virtuous, he acknowledged the boon and sought no further favors.

नम: कृष्णाय नीलाय शितिकण्ठ निभाय च ।
नम: कालाग्निरूपाय कृतान्ताय च वै नम: ॥1॥

नमस्कार है उस शनि देव को, जो कृष्ण वर्ण और नीलवर्ण के हैं, जिनका गला शीतल है और जो कालाग्नि के रूप में प्रकट होते हैं, जो प्रत्येक कृत्य का अंत करने वाले हैं, उन्हें मेरा नमन।

Namaḥ kṛṣṇāya nīlāya śitikanṭha nibhāya ca.
Namaḥ kālāgnirūpāya kṛtāntāya ca vai namaḥ॥1॥

Salutations to Lord Shani, who is dark-complexioned and blue-hued, whose throat is cool, who manifests as the fire of time, and who brings every act to its proper conclusion. I bow to Him.

नमो निर्मांस देहाय दीर्घश्मश्रुजटाय च ।
नमो विशालनेत्राय शुष्कोदर भयाकृते ॥2॥

नमन है उस शनि देव को, जिनका शरीर निर्मांस (दृढ़ और कड़ा) है, जिनके लंबे और झूलते हुए श्याम बाल हैं, जिनकी आँखें विशाल हैं और जिनका पेट सूखा और भय उत्पन्न करने वाला प्रतीत होता है।

Namaḥ nirmāṁsa dehāya dīrghashmaśrujaṭāya ca.
Namaḥ viśālanetrāya śuṣkōdara bhayākṛte॥2॥

Salutations to Lord Shani, whose body is strong and solid, whose long hair flows like dark tresses, whose eyes are large and whose dry abdomen inspires awe and fear.

नमः पुष्कलगात्राय स्थूलरोम्णेऽथ वै नमः ।
नमो दीर्घाय शुष्काय कालदंष्ट्र नमोऽस्तु ते ॥3॥

नमन है उस शनि देव को, जिनकी देह सुदृढ़ और पुष्ट है, जिनके शरीर पर मोटे और घने बाल हैं, जिनकी काया लंबी और सूखी है, और जिनकी दंतियां कालदंड (भय उत्पन्न करने वाली) जैसी हैं।

Namaḥ puṣkala-gātrāya sthūla-romaṇe'tha vai namaḥ.
Namaḥ dīrghāya śuṣkāya kāladaṃṣṭra namo'stu te॥3॥

Salutations to Lord Shani, whose body is strong and robust, whose form is covered with thick and coarse hair, who is tall and lean, and whose teeth resemble the fearful punishment of time.

नमस्ते कोटराक्षाय दुर्नरीक्ष्याय वै नमः।
नमो घोराय रौद्राय भीषणाय कपालिने ॥4॥

नमन है उस शनि देव को, जिनकी आँखें कोटि-कोटि की दृष्टि जैसे शक्तिशाली हैं और जिनका देखना दुर्गम और भयानक प्रतीत होता है। नमन है उन्हें, जो भयंकर, रौद्रस्वरूप और भय उत्पन्न करने वाले हैं, और जिनका शरीर कपालधारी (कपाल-धारक) प्रतीत होता है।

Namaste koṭarākṣāya durnarīkṣyāya vai namaḥ.
Namaḥ ghorāya raudrāya bhīṣaṇāya kapāline॥4॥

Salutations to Lord Shani, whose eyes are like millions of piercing gazes and whose sight is terrifying and formidable. I bow to Him who is fearsome, fierce in form, and terrifying, and who bears the skull (symbolizing His fearsome power).

नमस्ते सर्वभक्षाय बलीमुख नमोऽस्तु ते ।
सूर्यपुत्र नमस्तेऽस्तु भास्करेऽभयदाय च ॥5॥

नमन है उस शनि देव को, जो सर्वभक्षी (भयंकर और सभी को भक्ष्य करने वाले) हैं और जिनका मुख बलशाली प्रतीत होता है। सूर्य के पुत्र होने के नाते उन्हें नमन है, जो भास्कर (सूर्य) के समान, भक्तों को भयमुक्त और अभय प्रदान करने वाले हैं।

Namaste sarvabhakṣāya balīmukha namo'stu te.
Sūryaputra namaste'stu Bhāskare'bhayadāya ca॥5॥

Salutations to Lord Shani, who is all-devouring and mighty in appearance. Being the son of the Sun, I bow to Him, who, like the Sun (Bhaskara), grants fearlessness and protection to devotees.

अधोदृष्टे: नमस्तेऽस्तु संवर्तक नमोऽस्तु ते ।
नमो मन्दगते तुभ्यं निस्त्रिंशाय नमोऽस्तुते ॥6॥

नमन है उस शनि देव को, जिनकी दृष्टि नीचे की ओर रहती है और जो विपरीत प्रभावों को वापस लौटाने वाले हैं। तुम्हें नमन है, जो धीरे-धीरे अपनी गति से कार्य करने वाले हैं और तीसरे (निस्ट्रिंश) स्वरूप में प्रतिष्ठित हैं।

Adhodṛṣṭeḥ namaste'stu saṁvartaka namo'stu te.
Namo mandagate tubhyaṁ nistraṁśāya namo'stute॥6॥

Salutations to Lord Shani, whose gaze is downward and who returns the effects of adverse actions. I bow to Him, who moves slowly and deliberately, and who is established in the thirtieth (nistrimsha) form, symbolizing measured judgment and karmic justice.

तपसा दग्ध-देहाय नित्यं योगरताय च ।
नमो नित्यं क्षुधार्ताय अतृप्ताय च वै नमः ॥7॥

नमन है उस शनि देव को, जिनका शरीर तपस्या से दग्ध और कठोर है, और जो सदा योगाभ्यास में लीन रहते हैं। नमन है उन्हें, जो सदा भूख से पीड़ित और असंतुष्ट प्रतीत होते हैं।

Tapasā dagdhadehāya nityaṁ yogaratāya ca.
Namo nityaṁ kṣudhārtāya atriptāya ca vai namaḥ॥7॥

Salutations to Lord Shani, whose body is burnt by penance and who is constantly devoted to yoga. I bow to Him, who is always hungry and appears unsatisfied, signifying austerity, detachment, and endurance.

ज्ञानचक्षुर्नमस्तेऽस्तु कश्यपात्मज-सूनवे ।
तुष्टो ददासि वै राज्यं रुष्टो हरसि तत्क्षणात् ॥8॥

नमन है उस शनि देव को, जिनकी आँखें ज्ञानप्राप्ति और विवेक के प्रतीक हैं, और जो कश्यप ऋषि के पुत्र (सूर्यपुत्र) हैं। जब आप प्रसन्न होते हैं, तो राज्य और सुख प्रदान करते हैं, और जब क्रोधित होते हैं, तो क्षणभर में संकट और बाधा दूर कर देते हैं।

Jñānacakṣur namaste'stu Kaśyapātmaja-sūnave.
Tuṣṭo dadāsi vai rājyam ruṣṭo harasi tatkṣaṇāt॥8॥

Salutations to Lord Shani, whose eyes are the symbol of knowledge and insight, and who is the son of Sage Kashyapa (son of the Sun). When He is pleased, He grants kingdoms and prosperity, and when displeased, He removes obstacles or calamities instantly

देवासुरमनुष्याश्च सिद्ध-विद्याधरोरगा: ।
त्वया विलोकिता: सर्वे नाशं यान्ति समूलत: ॥9॥

नमन है उस शनि देव को, जिनकी दृष्टि से देव, असुर, मनुष्य और सिद्ध-साधक सभी देखे जाते हैं। जिन पर उनकी दृष्टि पड़ती है, वे सम्पूर्ण रूप से नष्ट हो जाते हैं, अर्थात् शनि देव की शक्तिशाली दृष्टि से सभी दोष और बाधाएं दूर होती हैं।

Devāsuramanuṣyāśca siddh-vidyādharoragāḥ.
Tvayā vilokitāḥ sarve nāśaṁ yānti samūlataḥ॥9॥

Salutations to Lord Shani, who observes gods, demons, humans, and even siddhas and scholars. All who fall under His gaze experience complete destruction of their faults and obstacles, showing the immense power of Lord Shani's divine vision.

प्रसाद कुरु मे सौरे! वारदो भव भास्करे।
एवं स्तुतस्तदा सौरिर्ग्रहराजो महाबल: ॥10॥

हे शनिदेव! कृपया मेरी कृपा करें और मुझे वरदान दें। इस प्रकार स्तुत होने पर, सौरिर (शनि देव), जो ग्रहों के राजा और महाशक्ति वाले हैं, संतुष्ट हुए।

Prasāda kuru me saure! Vārado bhava Bhāskare.
Evaṁ stutastadā Saurir graharājo mahābalaḥ॥10॥

O Shani God! Please show me your grace and grant me a boon. Thus praised, Saurir (Lord Shani), the king of planets and mighty in power, became pleased.

दशरथ उवाच:
प्रसन्नो यदि मे सौरे ! वरं देहि ममेप्सितम्।
अद्य प्रभृति-पिंगाक्ष ! पीडा देया न कस्यचित् ॥

राजा दशरथ ने कहा: हे शनि देव! यदि आप मेरे प्रति प्रसन्न हैं, तो मुझे मेरा इच्छित वरदान प्रदान करें। आज से आपकी कृपा से, पीड़ा किसी को नहीं दी जाएगी, अर्थात् भक्तों को किसी प्रकार की कष्ट या पीड़ा नहीं होगी।

Dasharatha uvāca:
Prasanno yadi me saure! Varaṁ dehi mamepsitam.
Adya prabhṛti-pingākṣa! Pīḍā deyā na kasyacit॥

King Dasharatha said: O Shani God! If You are pleased with me, grant me the boon I desire. From this day onward, no pain shall be inflicted on anyone by Your grace, ensuring protection and relief to the devotees.

दशरथकृत शनि स्तोत्र हमें यह स्मरण कराता है कि शनि देव केवल दंड देने वाले नहीं, बल्कि कर्मों के न्यायपूर्ण फल प्रदाता हैं। उनका प्रभाव जीवन में कठिनाइयाँ लाता है, परंतु वही हमें आत्मनिरीक्षण और सुधार की प्रेरणा देता है। इस स्तोत्र का पाठ करने से व्यक्ति में मानसिक स्थिरता, धैर्य और संयम का विकास होता है, जिससे वह विपरीत परिस्थितियों में भी संतुलित और विवेकपूर्ण निर्णय लेने में सक्षम होता है। शनि देव की भक्ति और उनके नियमों का पालन केवल व्यक्तिगत लाभ तक सीमित नहीं है, बल्कि यह सामाजिक और आध्यात्मिक चेतना को भी जागृत करता है। दशरथकृत शनि स्तोत्र का नियमित पाठ हमें कर्म, न्याय और जीवन के संतुलन की गहरी समझ प्रदान करता है। श्रद्धा और समर्पण के साथ इसका पालन करने वाला व्यक्ति न केवल शनि दोष से मुक्ति पाता है, बल्कि जीवन में स्थिरता, सुरक्षा और नैतिक दृढ़ता का अनुभव भी करता है।

The Dasharathkrit Shani Stotra reminds us that Lord Shani is not merely a dispenser of punishment, but the just regulator of our karmic results. His influence may bring challenges and obstacles in life, yet these experiences encourage self-reflection and personal growth. Reciting this stotra cultivates mental stability, patience, and discipline, enabling an individual to face adverse situations with balance and wisdom. Devotion to Lord Shani and adherence to his principles extend beyond personal benefits, fostering both social and spiritual awareness. Regular recitation of the Dasharathkrit Shani Stotra deepens one's understanding of karma, justice, and life's equilibrium. With faith and dedication, a devotee can overcome the effects of Shani Dosha while experiencing lasting stability, protection, and moral strength in life.

शनिदेव आरती
Shanidev Aarti

जय जय श्री शनिदेव भक्तन हितकारी।
सूरज के पुत्र प्रभुछाया महतारी॥
जय जय श्री शनिदेव भक्तन हितकारी॥

Jaya Jaya Shri ShanidevaBhaktana Hitakari।
Suraja Ke Putra PrabhuChhaya Mahatari॥
Jaya Jaya Shri Shanideva Bhaktana Hitakari॥

श्याम अंग वक्र-दृष्टिचतुर्भुजा धारी।
निलाम्बर धार नाथगज की असवारी॥
जय जय श्री शनिदेव भक्तन हितकारी॥

Shyama Anga Vakra-DrishtiChaturbhuja Dhari।
Nilambara Dhara NathaGaja Ki Asavari॥
Jaya Jaya Shri Shanideva Bhaktana Hitakari॥

क्रीट मुकुट शीश सहजदिपत है लिलारी।
मुक्तन की माल गलेशोभित बलिहारी॥
जय जय श्री शनिदेव भक्तन हितकारी॥

Krita Mukuta Shisha SahajaDipata Hai Lilari।
Muktana Ki Mala GaleShobhita Balihari॥
Jaya Jaya Shri Shanideva Bhaktana Hitakari॥

मोदक और मिष्ठान चढ़े,चढ़ती पान सुपारी।
लोहा, तिल, तेल, उड़दमहिषी है अति प्यारी॥
जय जय श्री शनिदेव भक्तन हितकारी॥

Modaka Aura Mishthana Chadhe,
Chadhati Pana Supari।
Loha, Tila, Tela, UradaMahishi Hai Ati Pyari॥
Jaya Jaya Shri Shanideva Bhaktana Hitakari॥

देव दनुज ऋषि मुनिसुमिरत नर नारी।
विश्वनाथ धरत ध्यान हमहैं शरण तुम्हारी॥
जय जय श्री शनिदेव भक्तन हितकारी॥

Deva Danuja Rishi MuniSumirata Nara Nari।
Vishvanatha Dharata Dhyana HamaHain
Sharana Tumhari॥
Jaya Jaya Shri Shanideva Bhaktana Hitakari॥

INDIA QUIZ

A.N. Agrawal

Published by
Rupa Publications India Pvt. Ltd 1990
7/16, Ansari Road, Daryaganj
New Delhi 110002

Sales centres:
Bengaluru Chennai
Hyderabad Jaipur Kathmandu
Kolkata Mumbai Prayagraj

P-ISBN: 978-81-716-7024-6
E-ISBN: 978-81-291-3304-5

Twenty-first impression 2024

25 24 23 22 21

Typeset by Mindways Design, New Delhi

Printed in India

Preface to the First Edition

Quizzing, which is becoming increasingly popular in the country, is a highly exciting and educational exercise. It serves a twofold purpose. It helps test one's knowledge of the material. It also stimulates the desire to know more about the subject. *India Quiz* is designed to meet both these ends, in respect of a subject which offers immense scope for further study.

The various facets of Indian society are covered by well over one thousand questions. The subjects range from the country's material and human resources, history, the freedom struggle, economic framework and government, to themes such as mythology, culture, health, education, technology, literature, arts, and entertainment. A photo quiz has also been added to test one's ability to recognise eminent persons in various fields as also famous historical monuments and buildings.

I must express my grateful thanks to Dr. Hari Om Varma, Dr. Uma Kant Goel, Professor P.K. Sachdeva, Ajit Gupta and Professor B.N. Ray for their valuable assistance in the preparation of this book. Special thanks are also due to my wife Savitri, not only for encouragement and co-operation but also for her help in checking the final draft.

Delhi
May 1990

A.N. Agrawal

Preface to the Second Edition

India Quiz, in its present, revised edition, has been thoroughly checked and updated in the light of latest information available. Some questions have been reformulated and many existing questions replaced by new ones. This had become necessary on account of the release of 1991 Census Reports and the commencement of the Eighth Plan in 1992. The sections where large-scale changes have been effected are: Population and Manpower; Economic Framework; Transport and Communication; Education and Health; and Arts and Entertainment. Apart from general readers and students the candidates appearing at various competitive examinations will find the book still more useful now.

Delhi A.N. Agrawal

CONTENTS

1
ENVIRONMENT AND RESOURCES

1. What is India's world rank in terms of land area?
(a) Second (b) Fourth (c) Seventh (d) Ninth

2. About how many times is the area of India smaller than that of China?
(a) Two (b) Three (c) Four (d) Five

3. Which State in the country has the largest area?
(a) Uttar Pradesh (b) Rajasthan (c) Madhya Pradesh (d) Maharashtra

4. Areawise, which State is the smallest?
(a) Goa (b) Sikkim (c) Tripura (d) Nagaland

5. Among the Union Territories, which one is the biggest in area?
(a) Delhi (b) Andaman & Nicobar Islands (c) Pondicherry (d) Chandigarh

6. What is approximately the total perimeter of India?
(a) 14,800 km (b) 15,200 km (c) 15,600 km (d) 16,000 km

7. Of the following, which one represents the total area of the country?
(a) 30.2 lakh sq km (b) 32.8 lakh sq km (c) 34.4 lakh sq km (d) 35.6 lakh sq km

8. India's coastline is fairly long. What is approximately its total length?
(a) 7517 km (b) 7620 km (c) 7735 km (d) 7845 km

9. How much of the country's total land area is topographically usable?
(a) 58 per cent (b) 60 per cent (c) 62 per cent (d) 64 per cent

10. What distance does India cover from north to south?
(a) 2935 km (b) 3214 km (c) 3420 km (d) 3575 km

11. How many islands are there in the Andaman & Nicobar group?
(a) 175 (b) 223 (c) 237 (d) 250

12. Which Indian river is the longest?
(a) Krishna (b) Ganga (c) Godavari (d) Narmada

13. Which Indian river was known as Vitasta in ancient times?
(a) Ravi (b) Jhelum (c) Sutlej (d) Sabarmati

14. Which is the second largest river basin in

the country?
(a) Godavari basin (b) Ganga basin (c) Narmada basin (d) Cauvery basin

15. Approximately what percentage of India's total land area is drained by the river Ganga?
(a) 15 (b) 20 (c) 25 (d) 30

16. Which place receives the highest rainfall in India?
(a) Silghat (b) Sibsagar (c) Jorhat (d) Cherrapunji

17. Into how many Indian States is the Thar or Great Indian Desert spread over, though not in a continuous stretch?
(a) One (b) Two (c) Three (d) Four

18. The highest mountain in India is K2 or Godwin Austen. Which is the second highest Indian peak?
(a) Nanda Devi (b) Nanga Parbat (c) Kamet (d) Kanchenjunga

19. How much of the geographical area of the country is subject to water and wind erosion?
(a) 130 m hectares (b) 145 m hectares (c) 175 m hectares (d) 190 m hectares

20. Which major soil-group in the country occupies the highest percentage with

respect to total geographical area?
(a) Red sandy (b) Medium black (c) Alluvial-recent (d) Red loamy

21. What is the estimated drought-prone area in the country?
(a) 180 m hectares (b) 230 m hectares (c) 260 m hectares (d) 300 m hectares

22. In which State is the estimated problem area due to soil erosion and land degradation the largest?
(a) Rajasthan (b) Andhra Pradesh (c) Madhya Pradesh (d) Gujarat

23. About how much of the total geographical area of the country is under forests?
(a) 20 per cent (b) 23 per cent (c) 25 per cent (d) 28 per cent

24. What is India's share in total forest area in the world?
(a) 2 per cent (b) 4 per cent (c) 6 per cent (d) 8 per cent

25. In which State or Union Territory is the forest area highest as a percentage of the total area?
(a) Arunachal Pradesh (b) Mizoram (c) Andaman & Nicobar (d) Tripura

26. Which of the following States has the least forest area?

(a) Rajasthan (b) Haryana (c) Punjab (d) Gujarat

27. In which year was the National Forest Policy enunciated?
(a) 1948 (b) 1950 (c) 1952 (d) 1956

28. The National Forest Policy has declared that a certain percentage of the total land area is to be brought under forests. What is this percentage?
(a) 30 (b) 33 (c) 36 (d) 40

29. What percentage of the total area in the hilly regions does the National Forest Policy suggest to be under forests?
(a) 40 (b) 50 (c) 60 (d) 70

30. The Forest (Conservation) Act provides that no forest land is to be diverted for non-forest use without the approval of the Central Government. When was this legislation enacted?
(a) 1956 (b) 1971 (c) 1980 (d) 1985

31. Prior to 1980 a sizeable forest land used to be diverted for non-forestry purposes. What was the annual rate of such diversion during 1951-80?
(a) 1 lakh hectares (b) 1.5 lakh hectares (c) 2 lakh hectares (d) 2.5 lakh hectares

32. Where is the National Museum of Natural

History, set up in 1972, located?
(a) New Delhi (b) Dehra Dun (c) Coimbatore (d) Balaghat

33. In which year was the Institute of Forest Management set up at Bhopal?
(a) 1977 (b) 1980 (c) 1982 (d) 1985

34. The Wild Life (Protection) Act governs wild life conservation and protection of endangered species both inside and outside forest areas. When was this Act established?
(a) 1970 (b) 1972 (c) 1974 (d) 1976

35. In which year was the Project Tiger launched in the country?
(a) 1966 (b) 1973 (c) 1977 (d) 1982

36. Which is the longest river flowing entirely from source to mouth in India?
(a) Narmada (b) Tapti (c) Krishna (d) Godavari

37. How many principal hill ranges separate India from Burma?
(a) Two (b) Three (c) Four (d) Five

38. In which State are the Aravalli range of mountains?
(a) Rajasthan (b) Madhya Pradesh (c) Punjab (d) Uttar Pradesh

39. Which State has densely forested hills of strong sandstone, called the Patkai Bum?

(a) Tripura (b) Mizoram (c) Meghalaya (d) Arunachal Pradesh

40. In which State is Nalsarovar, a famous bird sanctuary, located?
(a) Gujarat (b) Rajasthan (c) Orissa (d) Maharashtra

41. Gold in the country is mined in the Kolar Gold Fields, Karnataka. In which year was the first modern gold mine excavated?
(a) 1861 (b) 1871 (c) 1881 (d) 1891

42. Name the river on which the Hirakud multipurpose project has been built?
(a) Godavari (b) Damodar (c) Sone (d) Mahanadi

43. Which State in India has the largest coal reserves?
(a) Bihar (b) Orissa (c) Madhya Pradesh (d) West Bengal

44. What is India's world rank in coal production?
(a) Tenth (b) Sixth (c) Fifth (d) Fourth

45. When was the National Thermal Power Corporation incorporated as a public sector undertaking?
(a) 1977 (b) 1975 (c) 1973 (d) 1971

46. Where is the Central Power Research Institute located?

(a) Bangalore (b) Durgapur (c) New Delhi (d) Nagpur

47. Coal-mining in the country first started in 1774 at:
(a) Jharia (b) Singrauli (c) Raniganj (d) Talcher

48. What is India's world rank in the production of bauxite?
(a) Tenth (b) Ninth (c) Eighth (d) Seventh

49. In which Indian State is lignite most abundantly found?
(a) Tamil Nadu (b) Orissa (c) Karnataka (d) Rajasthan

50. What world rank does India occupy in iron ore mining?
(a) Fifth (b) Seventh (c) Ninth (d) Eleventh

51. Where are the headquarters of the Geological Survey of India?
(a) Calcutta (b) Dehra Dun (c) Hyderabad (d) Ranchi

52. Which Indian State produces the largest amount of mica?
(a) Rajasthan (b) Orissa (c) Andhra Pradesh (d) Bihar

53. Which State ranks at the bottom in rural electrification?
(a) Meghalaya (b) Arunachal Pradesh (c) Mizoram (d) Tripura

54. Which State depends primarily on thermal power for energy?
(a) Maharashtra (b) Karnataka (c) West Bengal (d) Tamil Nadu

55. Identify the State which has the largest reserves of gypsum in the country.
(a) Gujarat (b) Andhra Pradesh (c) Tamil Nadu (d) Rajasthan

56. Although India imports a considerable quantity of oil, it has the distinction of having the second oldest oilfield in the world. Where is this oilfield located?
(a) Digboi (b) Duliajan (c) Nahorkatia (d) Noonmati

57. The entire requirement of which of the following minerals in the country is, at present, imported?
(a) Copper (b) Aluminium (c) Lead and Zinc (d) Nickel

58. The hydro-electric potential in the country is estimated at 600 billion kilowatt per hour. What percentage of it has been developed or is being developed?
(a) 18 per cent (b) 25 per cent (c) 30 per cent (d) 33 per cent

59. At present, what percentage of the country's output of LPG comes from natural gas?

(a) 20 (b) 25 (c) 30 (d) 40

60. When was the Oil and Natural Gas Commission set up?
(a) 1951 (b) 1956 (c) 1961 (d) 1966

2
POPULATION AND MANPOWER

1. Since when has the census of population on an all-India basis been taken regularly every ten years?
(a) 1861 (b) 1872 (c) 1881 (d) 1901

2. What is India's world rank in population?
(a) First (b) Second (c) Third (d) Fourth

3. What is the proportion of India's population compared to the total population of the world?
(a) One-fourth (b) One-fifth (c) One-sixth (d) One-seventh

4. What is the total population of India according to the 1991 Census?
(a) 81.8 crore (b) 82.6 crore (c) 84.6 crore (d) 86.4 crore

5. It is projected that by the year 2001 India's population will touch:
(a) 98.8 crore (b) 100.6 crore (c) 102.4 crore (d) 103.2 crore

6. The growth of the country's population was slow and irregular towards the beginning of the present century. Later on it became rapid and continuous. Which year is generally regarded as the Year of Great Divide?
(a) 1921 (b) 1931 (c) 1941 (d) 1951

7. The country's population has been growing rapidly., particularly since Independence. The decennial growth rate during 1941-51 was 13.3 per cent. What was the decennial growth rate during 1981-91?
(a) 18.6 per cent (b) 20.4 per cent (c) 22.4 per cent (d) 23.6 per cent

8. The annual addition to the country's population is almost equal to the total population of which of the following countries?
(a) France (b) Australia (c) New Zealand (d) Hong Kong

9. The growth rate of population in the country differs widely from State to State. In which State/Union Territory was the annual exponential growth rate highest in the decade 1981-91?
(a) Delhi (b) Nagaland (c) Mizoram (d) Andaman & Nicobar

10. Which State or Union Territory recorded the lowest annual exponential growth rate

in population during 1981-91?
(a) Lakshadweep (b) Kerala (c) Tamil Nadu (d) Goa

11. During which period is the country expected to achieve a one per cent annual growth rate in population?
(a) 2001-2006 (b) 2006-2011 (c) 2011-2016 (d) 2016-2021

12. What was the population of Scheduled Castes and Scheduled Tribes in the country in 1991?
(a) 16.8 crore (b) 18.4 crore (c) 20.6 crore (d) 22.6 crore

13. Which State in the country has the largest Scheduled Castes population?
(a) Bihar (b) Uttar Pradesh (c) Tamil Nadu (d) West Bengal

14. In which State is the percentage of the population of Scheduled Castes highest according to the Census of 1991?
(a) West Bengal (b) Punjab (c) Uttar Pradesh (d) Himachal Pradesh

15. Proportionally, which State has the lowest population of Scheduled Castes?
(a) Meghalaya (b) Manipur (c) Arunachal Pradesh (d) Sikkim

16. Identify the State which has the largest

population of Scheduled Tribes.
(a) Orissa (b) Bihar (c) Madhya Pradesh (d) Rajasthan

17. The country's population is very unevenly distributed among the different States. Which State has the largest population?
(a) Uttar Pradesh (b) Bihar (c) Maharashtra (d) West Bengal

18. Name the State which has the smallest population in the country.
(a) Mizoram (b) Sikkim (c) Arunachal Pradesh (d) Nagaland

19. The ratio of rural population to the country's population has been steadily decreasing. What was this ratio in 1991?
(a) 76.7 (b) 74.3 (c) 72.6 (d) 71.2

20. What was the size of urban population of India in 1991?
(a) 225 million (b) 218 million (c) 206 million (d) 198 million

21. Which State has the highest ratio of urban population?
(a) Gujarat (b) Tamil Nadu (c) Maharashtra (d) Karnataka

22. There are two States where the percentage of urban population is below ten. One is Sikkim. Which is the other?
(a) Himachal Pradesh (b) Bihar (c) Orissa (d) Tripura

23. Despite growth of urbanisation, India continues to be a land of villages. The number of villages in the country is around:
(a) 4.5 lakh (b) 4.9 lakh (c) 5.7 lakh (d) 6.2 lakh

24. Which State has the largest number of towns?
(a) Tamil Nadu (b) Maharashtra (c) Uttar Pradesh (d) Madhya Pradesh

25. About 44 per cent of the total urban population was accounted for Class I cities (having population of one lakh and above) in 1951. Forty years later in 1991, the percentage had risen to nearly:
(a) 52 (b) 58 (c) 62 (d) 65

26. The number of cities with a population of more than one million was 12 in 1981. By 2001 the number of such cities is projected to grow up to:
(a) 44 (b) 40 (c) 36 (d) 30

27. Which city in India has the largest population?
(a) Calcutta (b) Bombay (c) Delhi (d) Madras

28. It is projected that India will enter the twenty-first century with an urban population of:
(a) 320 million (b) 315 million (c) 312 million (d) 307 million

29. The term 'population density' refers to the number of persons per sq km. What was the density of population in India in 1991?
(a) 260 (b) 268 (c) 274 (d) 280

30. Which State or Union Territory has the highest population density in the country?
(a) Uttar Pradesh (b) Chandigarh (c) Delhi (d) Kerala

31. Identify the State or Union Territory with the lowest population density.
(a) Sikkim (b) Andaman & Nicobar (c) Arunachal Pradesh (d) Mizoram

32. How many States or Union Territories in the country have population density of less than 50?
(a) Six (b) Five (c) Four (d) Three

33. The population density in the country has been rising rapidly since Independence. What was the percentage rise during 1951-91?
(a) 95 (b) 120 (c) 134 (d) 152

34. While population density in India is less than 300, there are some States or Union Territories where it is over 700. How many?
(a) Seven (b) Six (c) Five (d) Four

35. The sex ratio refers to the number of

females per 1000 males. What was this ratio in India in 1991?
(a) 918 (b) 929 (c) 940 (d) 965

36. In which State is the sex ratio most favourable to females?
(a) Kerala (b) Gujarat (c) Andhra Pradesh (d) Tamil Nadu

37. In which State or Union Territory is the sex ratio most adverse to females?
(a) Sikkim (b) Delhi (c) Andaman & Nicobar (d) Chandigarh

38. Nearby 40 per cent of the Indian population was below 15 years of age in 1980. What was the estimated percentage of this age group in 1992?
(a) 32 (b) 36 (c) 42 (d) 45

39. Which age group in the country accounts for the highest percentage of total population?
(a) 0-9 years (b) 10-19 years (c) 20-29 years (d) 30-39 years

40. The percentage of children, aged 0-6 years, in total population, is highest in:
(a) Arunachal Pradesh (b) Meghalaya (c) Rajasthan (d) Bihar

41. What is the percentage of Christians in the country's total population?

(a) 1.8 (b) 2.0 (c) 2.4 (d) 3.2

42. Which religious group in the country has shown a steady decline since 1961 in percentage terms?
(a) Hindus (b) Muslims (c) Christians (d) Sikhs

43. Of the following percentages, which one relates to the population of Muslims in the country?
(a) 10.5 (b) 11.4 (c) 15.0 (d) 17.6

44. The proportion of two religious groups in the country's population shows a rising trend over the last three decades. One is the Sikhs. Which is the other?
(a) Jains (b) Muslims (c) Christians (d) Buddhists

45. The percentage of two religious groups in India's population has remained constant in the last three decades. One is the group of Buddhists. Which is the other group?
(a) Muslims (b) Jains (c) Hindus (d) Sikhs

46. What is the percentage of Malayalam-speaking people in the country according to the 1981 Census?
(a) 2.6 (b) 3.0 (c) 3.9 (d) 4.8

47. Which of the following percentages represents the Punjabi-speaking population

in the country?
(a) 2.0 (b) 2.8 (c) 3.6 (d) 4.2

48. How many languages are listed in the Eighth Schedule of the Constitution as official languages?
(a) 12 (b) 15 (c) 18 (d) 21

49. Hindi-speaking persons accounted for 38.0 per cent of the country's total population in 1971. What was this percentage in 1981?
(a) 38.8 (b) 39.9 (c) 40.6 (d) 41.2

50. How many States have given Urdu the status of being the second official language?
(a) One (b) Two (c) Three (d) Four

51. Two languages have recorded no change in the percentage of people having them as their mother tongue between 1971 and 1981. Sindhi is one such language. Which is the other?
(a) Kashmiri (b) Urdu (c) Oriya (d) Kannada

52. The birth rate refers to the number of births per 1000 persons per annum. What was the birth rate in the country in 1990?
(a) 33.7 (b) 32.6 (c) 29.9 (d) 28.5

53. In which State the birth rate is the lowest?
(a) Tamil Nadu (b) Kerala (c) Andhra Pradesh (d) West Bengal

54. What was the mean age at marriage for females in 1981?
(a) 17.2 years (b) 18.3 years (c) 19.3 years (d) 20.1 years

55. Identify the State where the mean age at marriage for females happens to be the lowest.
(a) Uttar Pradesh (b) Bihar (c) Rajasthan (d) Madhya Pradesh

56. The proportion of females in the reproductive age group of 15 to 44 years in the country is around:
(a) 44 per cent (b) 46 per cent (c) 48 per cent (d) 49 per cent

57. What is the work participation rate (total workers as percentage of total population) in the country according to the Census of 1991?
(a) 36.2 per cent (b) 37.5 per cent (c) 38.6 per cent (d) 39.4 per cent

58. The percentage of female workers in the total female population is comparatively low. While this percentage for males in 1991 stood at 51.6, for females it was only:
(a) 22.3 (b) 24.6 (c) 26.8 (d) 30.4

59. In which State or Union Territory is the work participation rate highest in the country?
(a) Arunachal Pradesh (b) Andhra

Pradesh (c) Dadra & Nagar Haveli (d) Mizoram

60. In what activity are female workers in the country mainly engaged?
(a) Cultivation (b) Household industry (c) Agricultural labour (d) Trade and commerce

61. During the two decades of 1970s and 1980s, the labour force in the country has grown at the annual rate of about:
(a) 1.8 per cent (b) 2.0 per cent (c) 2.2 per cent (d) 2.5 per cent

62. During the Eighth Plan (1992-97), the labour force is projected to increase by about:
(a) 28 million (b) 30 million (c) 32 million (d) 35 million

63. Which of the following major sectors recorded the highest growth rate of employment during 1977-78 to 1987-88?
(a) Construction (b) Mining (c) Trade (d) Services

64. Employment in the public sector has been rapidly increasing. Which activity in the public sector provides maximum employment?
(a) Services (b) Manufacturing (c) Transport and Communication (d) Construction

65. In which State or Union Territory is the work participation rate for females lowest in the country?
(a) Delhi (b) Lakshadweep (c) Chandigarh (d) Punjab

66. In which industry is per capita daily earnings of workers the highest?
(a) Repair services (b) Gas and Steam (c) Transport equipments (d) Machinery and machine tools

67. As per the estimate of the Eighth Plan, what was the backlog of open unemployment according to 'Weekly Status' on 1 April 1992?
(a) 17 million (b) 20 million (c) 23 million (d) 25 million

68. While the number of educated persons in the country is comparatively small, yet many of them are unemployed. What was the percentage of educated unemployed to the total number of unemployed persons in 1981?
(a) 45.2 (b) 46.8 (c) 47.4 (d) 48.6

69. In which State or Union Territory is the unemployment rate (percentage of unemployed in the labour force) highest in the country?
(a) Kerala (b) Lakshadweep (c) Tamil Nadu (d) Chandigarh

70. The bonded labour system has been abolished all over the country through the Bonded Labour System (Abolition) Act. When was this legislation enacted?
(a) 1974 (b) 1976 (c) 1978 (d) 1980

71. The Equal Remuneration Act provides for equal remuneration to men and women workers for the same work. In which year was this Act passed?
(a) 1972 (b) 1974 (c) 1975 (d) 1976

72. The Central Training Institute for Women is located at:
(a) New Delhi (b) Hyderabad (c) Madras (d) Bombay

73. When was the National Labour Institute set up by the Government?
(a) 1968 (b) 1970 (c) 1972 (d) 1976

74. When was the Nehru Rozgar Yojana launched for the benefit of the urban poor?
(a) 1991 (b) 1989 (c) 1987 (d) 1985

75. When was the Minimum Wages Act passed?
(a) 1936 (b) 1948 (c) 1951 (d) 1955

3

MYTHOLOGY AND RELIGION

1. In Hindu religion there is a certain text which is associated with each period in history. Which text is assigned to *Kaliyuga*? (a) Vedas (b) Puranas (c) Smritis (d) Tantra

2. According to Hindu mythology there are four epochs in time called ages or *Yugas*. These *Yugas* are Satya, Treta, Dwapara and Kali. Estimated time-span of *Kaliyuga* is:
(a) 864,000 years (b) 432,000 years (c) 400,000 years (d) 1,728,000 years

3. There is a mythological mountain on which Vaikuntha or Brahma's Heaven is located. Name the mountain.
(a) Mount Kailasa (b) Mount Vindhya (c) Mount Meru (d) Mount Mandara

4. Hindu mythology associates various gods and goddesses with certain chariots or vehicles, called *vahanas*, usually symbolised by some animal or bird. Which is the *vahan* of Goddess Lakshmi?
(a) Eagle (b) Swan (c) Owl (d) Peacock

5. Brahma had a son whose daughter married Shiva. He is also the one who insulted Shiva by not inviting him to a major *yagna*. What is his name?

(a) Daksha (b) Prajapati (c) Indra (d) Maruti

6. Which Veda is called the canon of chants?
(a) *Rig Veda* (b) *Yajur Veda* (c) *Sama Veda*
(d) *Atharva Veda*

7. Vishnu is said to have several *avatars*, or incarnations. In which incarnation of Vishnu did he kill Kshatriya rulers?
(a) Narasimha (b) Varaha (c) Vamana
(d) Parasurama

8. What was the name of the father of Prahlad, the famous devotee of Vishnu?
(a) Hiranyakashipu (b) Hiranyaksha
(c) Narasimha (d) Varaha

9. A king is said to have performed penance to persuade Brahma to order Ganga, the divine river, to descend on earth. Who was this king?
(a) Sagara (b) Bheeshma (c) Bhagiratha
(d) Kapila

10. Kumbha Mela is held every twelve years at four places. Three of these places are Hardwar, Prayag and Ujjain. Which is the fourth?
(a) Varanasi (b) Nasik (c) Tirupati (d) Puri

11. Which is the earliest of the four Vedas?
(a) *Rig Veda* (b) *Yajur Veda* (c) *Sama Veda*
(d) *Atharva Veda*

12. How many hymns does the *Rig Veda* contain?
(a) 1000 (b) 1028 (c) 1050 (d) 1100

13. The *Rig Veda* is a canon of verses dedicated to several Vedic gods. What is the name of the Rishi to whom most of these verses are attributed?
(a) Ved Vyas (b) Angiras (c) Markandeya (d) Vashishta

14. How many major *Puranas* are there?
(a) Twelve (b) Fifteen (c) Eighteen (d) Twenty

15. There are four holy places called *Dhams* for the Hindus. Three of these are Rameswaram, Badrinath and Dwaraka. Which is the fourth?
(a) Puri (b) Madurai (c) Varanasi (d) Pushkar

16. Who compiled the *Guru Granth Sahib*, the holy book of the Sikh religion?
(a) Guru Nanak Dev (b) Guru Gobind Singh (c) Guru Arjun Das (d) Guru Ram Das

17. At which gurudwara was the *Khalsa* initiated by Guru Gobind Singh?
(a) Amritsar (b) Tarn Taran (c) Anandpur (d) Patna

18. Before his death Guru Gobind Singh chose a disciple to lead in the battle against the Mughals. Who was this disciple?
(a) Zorawar Singh (b) Gurdas (c) Banda Bahadur (d) Veer Singh

19. How many times a day are Muslims, in general, expected to offer *namaz* or prayers as ordained by the Prophet?
(a) Twice (b) Thrice (c) Four times (d) Five times

20. There is a Muslim shrine in India where a hair from the head of the Prophet is preserved. Where is it located?
(a) Delhi (b) Srinagar (c) Patna (d) Ajmer

21. A Sufi saint believed that Prophet Mohammed had his domain in India. This led him to come to India. Who was that Sufi saint?
(a) Hazrat Nizamuddin (b) Khwaja Moinuddin Chisti (c) Qutbuddin Chisti (d) Quadianwali Sahite

22. In one particular State, several Muslim saints are worshipped by the Hindus as Rishis. In which State are these shrines of Muslim Rishis found?
(a) Kashmir (b) Rajasthan (c) Uttar Pradesh (d) Tamil Nadu

23. Ajmer has a venerated shrine of a Muslim

Sufi saint. What was his name?
(a) Khwaja Moinuddin Chisti (b) Hazrat Nizami (c) Hazrat Nizamuddin Aulia (d) Qutbuddin Chisti

24. Who killed Naraka, the fierce demon, who oppressed the three worlds?
(a) Vishnu (b) Krishna (c) Rama (d) Balram

25. Who was the wife of Kubera, the god of wealth?
(a) Lakshmi (b) Rambha (c) Urvasi (d) Devyani

26. Vayu, the god of wind, is believed to have hurled the crest of a mountain into the ocean. What is the name of that mountain?
(a) Mount Kailasa (b) Mount Meru (c) Mount Himalaya (d) Mount Mandhara

27. Indra's mount is a great white elephant. What is it known as?
(a) Nandi (b) Uchahaishrava (c) Gaja (d) Airawat

28. Indra is believed to have revealed the science of Ayurveda secretly to a sage. What was the name of this sage?
(a) Chyavan (b) Dhanwantari (c) Bharadwaja (d) Charaka

29. Which is the capital of Indra's heaven or *swarga*?

(a) Amaravati (b) Alakapuri (c) Pushpagiri (d) Bhagyavati

30. In the Hindu mythology Indra is depicted as reigning in heaven or *swarga*, flanked by his queen, Indrani, and his advisers. What are these advisers of Indra known as?
(a) The Ribhus (b) The Maruti (c) The Vasus (d) The Ashwinis

31. Who among the following was the son of Shiva?
(a) Shesha (b) Kartikeya (c) Rudra (d) Himavan

32. Rishi Kashyap is said to have performed great penance for bringing a river on earth. Which is this river?
(a) Kaveri (b) Narbada (c) Vitasta (d) Saraswati

33. A sage performed severe penance and was granted an eternal place in heaven as a pole star. Who was he?
(a) Dhruva (b) Kapila (c) Vishwamitra (d) Agastya

34. What was the name of Gautama Buddha, as prince of Kapilavastu?
(a) Devadatta (b) Ananda (c) Rahula (d) Siddhartha

35. Gautama Buddha's teachings have been recorded by his direct disciples in a holy book. What is it known as?
(a) Jataka (b) Dharmopdesha (c) Dhammapada (d) Dharmmoshiksha

36. Where did Gautama Buddha give his first discourse after enlightenment?
(a) Gaya (b) Sarnath (c) Sravasti (d) Pataliputra

37. Buddha is said to have converted a person to Buddhism on the eve of the latter's wedding. This person later became a famous Buddhist *bhikshu*. What was the name of this person?
(a) Ananda (b) Bimbisara (c) Ajatasatru (d) Sundarananda

38. In which language did Buddha preach?
(a) Sauraseni (b) Pali (c) Magadhi (d) Prakrit

39. A Buddhist council was held after Gautama Buddha's death to codify his teachings. Where was this council held?
(a) Pataliputra (b) Nalanda (c) Kusinagar (d) Girivraja

40. According to Buddhist mythology, the Buddhist universe is said to have three planes. The lower plane has several hills. How many hills are there according to mythology?

(a) 140 (b) 136 (c) 124 (d) 100

41. According to Buddhists, an *avatar* of Buddha, i.e., his incarnation, is to take place some 4000 years after his death. What is that *avatar* called?
(a) Dipankara (b) Megha (c) Chandanta (d) Maitreya

42. What was the name of Mahavira's mother?
(a) Yasoda (b) Lakshmi (c) Trishala (d) Kapila

43. What was Mahavira's name before enlightenment?
(a) Vardhamana (b) Anshumana (c) Sudhakar (d) Somdutta

44. Mahavira attained enlightenment near a hill shrine which has now become an important centre of Jain pilgrimage. Where is it?
(a) Parsvanath (b) Rajagriha (c) Ujjaini (d) Mount Kailasa

45. Jains treat two distinct phases of time as an eternally revolving wheel. In each of these phases, several Tirthankaras are born. How many Tirthankaras are born in each phase?
(a) Ten (b) Twelve (c) Twenty (d) Twenty-four

46. Through how many stages does every Tirthankara have to pass in order to free the soul?
(a) Three (b) Four (c) Five (d) Six

47. One of the Tirthankaras, Rishabadeva, attained Nirvana on Mount Kailasa, the abode of Shiva. Which Tirthankara was he?
(a) First (b) Third (c) Fifth (d) Seventh

48. What was the name of Bhishma, the patriarch of the Kauravas, before he took the vow of never marrying?
(a) Vedavrata (b) Devavrata (c) Satyavrata (d) Vichitraveerya

49. Bhishma won in battle three beautiful daughters of the ruler of Kashi and brought them to Hastinapur. These princesses were to be married to Vichitraveerya. One of them, however, wanted to be married to the Shalva King. What was the name of this princess?
(a) Ambika (b) Ambapali (c) Amba (d) Chitrangada

50. The hundred sons of Dhritarashtra had one sister. What was her name?
(a) Shakuntala (b) Urmila (c) Duhshala (d) Menaka

51. Kunti was Arjuna's mother. Who was his father?

(a) Vayu (b) Indra (c) Yama (d) Surya

52. What was the name of the son of Kunti by the Sun God?
(a) Arjuna (b) Karna (c) Yudhisthira (d) Sahadeva

53. Prince Drupada and Dronacharya were the disciples of the same teacher. Who was this teacher?
(a) Parashuram (b) Bharadwaja (c) Vishwamitra (d) Kripacharya

54. Karna had foster parents. His foster mother was Radha. Who was his foster father?
(a) Indra (b) Bhaubhuti (c) Satyaki (d) Adhiratha

55. It is stated in the *Mahabharata* that Kunti, the mother of the Pandavas, was given a powerful boon by a sage whereby she could have a son by any deity that she prayed to. Who was this sage?
(a) Dronacharya (b) Kripacharya (c) Vishwamitra (d) Durvasa

56. What was the name of the town in which the Pandavas stayed incognito?
(a) Kalpi (b) Upalavya (c) Chitaldurga (d) Viratdurga

57. While in exile, all Pandava brothers except Yudhisthira were reported to have fainted

or died after drinking water from a pool controlled by a Yaksha who forbade them from drinking water before answering his questions. This Yaskha was in fact a divine personage who ultimately revealed himself before Yudhisthira. Who was he?
(a) Yama (b) Kubera (c) Varuna (d) Vayu

58. The Pandavas stayed incognito in King Virata's palace in various capacities. Draupadi became the personal maid and companion of the Queen. What was the name of the Queen?
(a) Sulakshana (b) Sudeshna (c) Sudarshana (d) Sairandhri

59. According to the *Mahabharata* Bheema killed Jarasandha, the ruler of Magadha, in a duel and Jarasandha's son was then placed on the throne of Magadha. What was his name?
(a) Shishupala (b) Mahasandha (c) Ekalavya (d) Sahadeva

60. A king fought for the Kauravas against his own will in the *Mahabharata* war. Who was he?
(a) Jayadratha (b) Bhishma (c) Shalya (d) Susharma

61. How many divisions did the Pandava army have to fight the battle at Kurukshetra?
(a) Five (b) Seven (c) Nine (d) Eleven

62. Who was the supreme commander of the Pandava army in the *Mahabharata* war?
(a) Arjuna (b) Bhima (c) Dhristadyumna (d) Drupada

63. Who was the first supreme commander of the Kaurava forces in the *Mahabharata* war?
(a) Bhishma (b) Karna (c) Drona (d) Jayadratha

64. For how many days was the *Mahabharata* war fought?
(a) Eighteen (b) Fifteen (c) Ten (d) Eight

65. After how many days of the *Mahabharata* war was Bhishma brought down?
(a) Four (b) Six (c) Eight (d) Ten

66. Who, among the Pandavas, killed Duryodhana?
(a) Bheema (b) Arjuna (c) Yudhishthira (d) Sahadeva

67. Who ultimately killed Abhimanyu, the young son of Arjuna?
(a) Drona (b) Jayadratha (c) Karna (d) Duryodhana

68. On which day of the battle at Kurukshetra was Karna killed by Arjuna?
(a) Tenth (b) Twelfth (c) Fourteenth (d) Sixteenth

69. Who was the last of the Kauravas to die?

(a) Duryodhana (b) Vikarna (c) Kritavarman (d) Dussasana

70. One of the eight Vasu brothers had stolen Rishi Vasishta's cow and was cursed to become a mortal on earth. What was the name of this Vasu?
(a) Subhasa (b) Prabhasa (c) Megha (d) Vishwavrata

71. To which deity is the shrine of Nathdwara dedicated?
(a) Shiva (b) Krishna (c) Vishnu (d) Rama

72. The *Mahabharata,* in the form in which it survives today, is the world's longest literary work. How many verses does it contain?
(a) 50,000 (b) 75,000 (c) 100,000 (d) 125,000

73. Valmiki, the great author of the *Ramayana,* is said to have been a robber/hunter before he became a sage. What was his original name?
(a) Vimukta (b) Durnayna (c) Karmakara (d) Ratnakara

74. Tulsidas, the author of the *Ramcharit Manas,* was born in a village in Banda district of Uttar Pradesh. His mother died a few days after his birth, leaving him in the care of a maid. What was the name of the maid?
(a) Radha (b) Chuniyan (c) Hulsi (d) Rama

75. Rama's mother was Kaushalya, the queen of Ayodhya. What was the name of Sita's mother?
(a) Shruti (b) Suvarna (c) Sunayana (d) Smriti

76. At the time of Rama's marriage, his three brothers were also married to various princesses. What was the name of Shatrughna's wife?
(a) Mandavi (b) Urmila (c) Nirmala (d) Shrutakirti

77. While in exile, Rama along with Sita and Lakshmana stayed at Chitrakoot. This place was suggested to him by a Rishi. What was the Rishi's name?
(a) Atri (b) Bharadwaja (c) Valmiki (d) Vishwamitra

78. In the *Ramcharit Manas*, there is a reference to a Muni who evaded death until Rama, Sita and Lakshmana visited his place. Thereafter, he sat on his pyre and lit it. Who was this Muni?
(a) Sharbhanga (b) Agastya (c) Suteekshna (d) Matanga

79. Where were Rama, Sita and Lakshmana staying at the time of Sita's abduction by Ravana?
(a) Chitrakoot (b) Dandak (c) Pamban (d) Rishyamukh

80. There is a reference in the *Ramayana* to a demon who took the form of an enchanted golden deer and attracted Sita. Who was this demon?
(a) Kabandha (b) Subhabu (c) Mareech (d) Trishira

81. A vulture king, named Jatayu, is reported to have fought with Ravana while he was forcibly taking Sita to Lanka. There is a reference to another vulture who helped locate Sita. What was the name of this second vulture?
(a) Bhringi (b) Sampati (c) Virudha (d) Sanayu

82. One of the sons of Ravana was killed in a fight with Hanuman while the latter felled trees in Ashok Vatika, where Sita was held in captivity by Ravana. What was the name of that prince?
(a) Akshay Kumar (b) Indrajeet (c) Devantak (d) Prahasta

83. One of Ravana's grandfathers was in the court of Ravana. What was his name?
(a) Jamvan (b) Nikumbha (c) Malyavan (d) Himavan

84. When Lakshmana fainted during his battle with Meghnad, a physician was brought from Lanka to treat him. Who was that physician?

(a) Dhanvantari (b) Charaka (c) Sushena (d) Chyavana

85. Indra is believed to have sent an Apsara to seduce Rishi Vishwamitra. What was the name of that Apsara who seduced and married Vishwamitra?
(a) Menaka (b) Urvashi (c) Rambha (d) Mohini

4
HISTORY AND CULTURE

1. Two of Ashoka's lion pillars, built in the third century BC, are to be found in good condition even today at their original location. One is at Kathua. Where is the other?
(a) Lauriya Nandangarh (b) Sarnath (c) Sanchi (d) Rampurva

2. In which year did Ashoka conquer Kalinga?
(a) 273 BC (b) 261 BC (c) 248 BC (d) 56 BC

3. Who built the famous Vithal Mandir in Vijayanagara?
(a) Hari Har Raya (b) Krishna Deva Raya (c) Ram Raya (d) Dev Raya II

4. Who wrote the famous book on astronomy,

Surya Siddhanta?
(a) Charak (b) Aryabhata (c) Varahamihira (d) Nagarjuna

5. During whose tenure were the stories of *Panchatantra* compiled?
(a) Chandra Gupta Maurya (b) Samudra Gupta (c) Skandagupta (d) Chandra Gupta Vikramaditya

6. Who was the founder of the great Magadha Empire?
(a) Ajatashatru (b) Bimbisara (c) Bindusar (d) Udayi

7. Who was the ruler of Magadha at the time of Alexander's invasion?
(a) Mahapadma Nanda (b) Shishunag (c) Dhana Nanda (d) Udayi

8. Kautilya was the chief adviser to:
(a) Chandra Gupta Maurya (b) Ashoka (c) Harshavardhana (d) Chandra Gupta I

9. Who was the founder of the Kushan dynasty?
(a) Kujula Kadphises (b) Vima Kadphises (c) Kanishka (d) None of these

10. Whose reign in ancient India is known as the 'Golden Age'?
(a) Chandra Gupta Maurya (b) Chandra Gupta Maurya I (c) Samudra Gupta (d) Chandra Gupta II

11. Kalidasa, the great Sanskrit poet, was a member of the court of:
(a) Chandra Gupta II (b) Kumara Gupta (c) Samudra Gupta (d) Ashoka

12. Which Chinese traveller visited India during Harshavardhana's reign?
(a) Shi Huang Ti (b) Fa Hsien (c) Hsuan Tsang (d) Ssu-ma-Chien

13. Who was the author of *Mudrarakshasa*?
(a) Kalidasa (b) Vishakhadatta (c) Shudrak (d) Bana

14. Who established the four *Mathas* in the four corners of India?
(a) Ramkrishna Paramhansa (b) Swami Vivekananda (c) Shankaracharya (d) Swami Dayanand Saraswati

15. In which year was the second Buddhist Council held at Vaishali to tackle problems concerning Buddhism?
(a) 483 BC (b) 387 BC (c) 251 BC (d) AD 100

16. Who wrote *Rajatarangini*?
(a) Vasumitra (b) Ashva Ghosh (c) Kalhana (d) Bhandarkar

17. In which State is Lalitagiri, from where Buddhist gold and silver caskets have been excavated, located?
(a) Orissa (b) Bihar (c) Uttar Pradesh (d) West Bengal

18. Which one of the following dynasties is known in history as famous for its local administration?
(a) Kushanas (b) Guptas (c) Cholas (d) Pallavas

19. Which Rajput clan once ruled over Bundelkhand?
(a) Rathors (b) Gaharwars (c) Chauhans (d) Chandellas

20. Who ruled over Devagiri at the time of Ala-ud-din's invasion?
(a) Ramchandra Deva (b) Pratap Rudra Dev (c) Vir Ballal (d) Shankar Deva

21. Who succeeded Qutb-ud-din Aibak on the throne of Delhi?
(a) Iltutmish (b) Aram Shah (c) Raziya Begum (d) Quabacha

22. In which year did Timur invade India?
(a) 1348 (b) 1365 (c) 1381 (d) 1398

23. Who founded the Golconda dynasty?
(a) Adil Shah (b) Mohammad Govam (c) Quli Qutb Shah (d) Bahman Shah

24. Who founded the Slave Dynasty in the country?
(a) Iltutmish (b) Qutb-ud-din Aibak (c) Aram Shah (d) Mahmud of Ghazni

25. Who was the successor of Ghiyas-ud-din?

(a) Muhammad bin Tughlaq (b) Ala-ud-din (c) Firoze Shah (d) Malik Kafur

26. Who was the first Muslim king to strike State coins in the Devanagri script?
(a) Akbar (b) Sher Shah (c) Islam Shah (d) Daud Karrani

27. How many times did Mahmud of Ghazni invade India?
(a) Fifteen (b) Sixteen (c) Seventeen (d) Eighteen

28. Who wrote *Makhzan-i-Afghani*?
(a) Naimatullah (b) Maulana Mushtaqi (c) Ibrahim Batani (d) None of these

29. Who founded the Bahmani Empire?
(a) Alauddin Hasan (b) Firoze Shah (c) Muhammad Shah (d) Nizam Shah

30. In which language were most of Amir Khusru's poems written?
(a) Arabic (b) Persian (c) Urdu (d) Turkish

31. During the rule of which Sultan did Ibn Batutah visit India?
(a) Alauddin Khilji (b) Muhammad bin Tughlaq (c) Feroze Shah Tughlaq (d) Sikander Lodi

32. Who wrote the famous *Safarnama*?
(a) Farishta (b) Ibn Batutah (c) Badauni (d) Isami

33. What was the title of Ahmad Yadgar's famous book on Afghan history?
(a) *Tarikh-i-Nizami* (b) *Tarikh-i-Daudi* (c) *Tarikh-i-Shahi* (d) *Tarikh-i-Ferozshahi*

34. Under the patronage of which emperor did portrait painting flourish?
(a) Akbar (b) Sher Shah (c) Shah Jahan (d) Jahangir

35. Who was the Maratha commander-in-chief in the third battle of Panipat?
(a) Balaji Baji Rao (b) Sadashiv Rao (c) Raghunath Rao (d) Visvas Rao

36. Which Mughal emperor virtually handed over his government to Sayyid brothers?
(a) Bahadur Shah (b) Jahandar Shah (c) Mohammad Shah (d) Farrukhasiyar

37. Who completed building the Qutb Minar?
(a) Qutb-ud-din Aibak (b) Iltutmish (c) Ala-ud-din Khilji (d) Qutb-ud-din Bakhtiyar Kaki

38. To whom did the Peacock Throne belong?
(a) Shah Jahan (b) Jahangir (c) Akbar (d) Babar

39. Who was the court historian of Firoz Tughlaq?
(a) Farishta (b) Zia-ud-din Barani (c) Ibn Batutah (d) Afif

40. Who built Nizam-ud-din Auliya's tomb?
(a) Firoz Tughlaq (b) Ala-ud-din Khilji (c) Sikandar Lodi (d) Khusan Shah

41. During whose reign was the battle of Talikot fought?
(a) Krishna Dev Raya (b) Achyuta Dev Raya (c) Sadashiv Raya (d) Tirumal

42. On which Mughal emperor was the famous book *Padshahnama* written?
(a) Akbar (b) Jahangir (c) Shah Jahan (d) Aurangzeb

43. Who among the following accepted Akbar's *Din-i-Ilahi*?
(a) Tansen (b) Birbal (c) Todar Mal (d) Man Singh

44. Who was Shah Jahan's youngest son?
(a) Dara Shikoh (b) Aurangzeb (c) Murad (d) Shuja

45. About 20,000 men and women are said to have worked day and night in the construction of Taj Mahal. How many years did it take to complete the building?
(a) 18 years (b) 20 years (c) 22 years (d) 24 years

46. What was the name of Mumtaz Mahal before her marriage?
(a) Arjmand Bano (b) Nurjahan (c) Raba-ud-Durrani (d) Talib-i-Amuli

47. In which year did Akbar defeat Rana Pratap in the battle of Haldighati?
(a) 1570 (b) 1572 (c) 1574 (d) 1576

48. Who succeeded Sultana Raziya on the throne of Delhi?
(a) Nasiruddin (b) Balban (c) Kaikubad (d) Jalaluddin

49. What was the court language of Mughals?
(a) Persian (b) Arabic (c) Urdu (d) Turkish

50. Which of the following Mughal emperors wrote his autobiography?
(a) Babar (b) Humayun (c) Akbar (d) Shahjahan

51. Maharaja Ranjit Singh signed a treaty of perpetual friendship with the British at Amritsar. In which year was this treaty signed?
(a) 1810 (b) 1809 (c) 1808 (d) 1807

52. Which Sikh guru established the tradition of *langar*?
(a) Guru Amar Das (b) Guru Angad (c) Guru Ram Das (d) Guru Arjun Dev

53. Which saint was a cobbler by caste?
(a) Kabir (b) Sadhana (c) Ravidas (d) Namadeva

54. Where is Phoolsagar, a well-known lake

palace, located?
(a) Bundi (b) Alwar (c) Rewa (d) Jaipur

55. Where is the Martand Temple located?
(a) Tamil Nadu (b) Kashmir (c) Orissa (d) Himachal Pradesh

56. Who was the founder of Amritsar?
(a) Maharaja Ranjit Singh (b) Guru Ram Das (c) Guru Gobind Singh (d) Guru Teg Bahadur

57. The walled city of Old Delhi was once known as Shahjahanabad. When was it built?
(a) 1526 (b) 1580 (c) 1648 (d) 1688

58. In which year did the Kol uprising take place in Bihar?
(a) 1825 (b) 1831 (c) 1837 (d) 1843

59. Which British General conquered Sind for the East India Company?
(a) Charles Napier (b) David Ochterlony (c) Outram (d) Charles Metcalfe

60. Who wrote the book *Poverty and the un-British Rule in India*?
(a) Sir Firozshah Mehta (b) Dadabhai Naoroji (c) Raja Rammohun Roy (d) Surendera Nath Banerjee

61. Who was the pioneer of the movement leading to the Widow Remarriage Act?
(a) Raja Rammohun Roy (b) Ishwar

Chandra Vidyasagar (c) Swami Vivekananda (d) Ramkrishna Paramhansa

62. Which of the following systems was introduced by Lord Cornwallis?
(a) Ryotwari System (b) Zamindari System (c) Mansabdari System (d) Mahalwari System

63. In which year did the concept of press censorship begin in India?
(a) 1901 (b) 1875 (c) 1857 (d) 1799

64. Who succeeded Cornwallis as Governor-General of India?
(a) Sir George Barlow (b) James Grant (c) John Shore (d) Lord Wellesley

65. Which British Governor-General introduced postage stamps in India?
(a) Lord Dalhousie (b) Lord Auckland (c) Lord Canning (d) Lord William Bentinck

66. In which year was the Archaeological Survey of India founded?
(a) 1861 (b) 1871 (c) 1901 (d) 1919

67. Who was the social reformer whose persistent efforts led the British Government to enact legislation against the evil practice of *Sati* in the country?
(a) Swami Dayanand (b) Raja Rammohun

Roy (c) Ishwar Chandra Vidyasagar (d) Ramkrishna Paramhansa

68. Who founded the India House in London? (a) Lord Dufferin (b) Shyamji Krishna Verma (c) Madame Cama (d) V.B. Savarkar

69. Who was the Governor-General of India when the British Crown took over the direct administration of the Indian empire? (a) Lord Curzon (b) Lord Dalhousie (c) Lord Canning (d) Lord William Bentinck

70. In which year did Jayaprakash Narayan establish the Bihar Socialist Party? (a) 1930 (b) 1931 (c) 1932 (d) 1933

71. Who started the Bhoodan Movement? (a) Jayaprakash Narayan (b) Mahatma Gandhi (c) Vinoba Bhave (d) K.M. Munshi

72. Who founded the Brahmo Samaj? (a) Swami Vivekananda (b) Raja Rammohun Roy (c) Debendranath Tagore (d) Swami Dayanand Saraswati

73. Where was the first Indian Military Academy opened? (a) Dehra Dun (b) Quetta (c) Poona (d) Jalalabad

74. Who said "Give me blood and I will give

you freedom"?
(a) Subhash Chandra Bose (b) Bhagat Singh (c) Lokmanya Tilak (d) Chandra Shekhar Azad

75. In which year were the remains of Mohenjo-daro first discovered?
(a) 1907 (b) 1911 (c) 1923 (d) 1927

76. Where is the Anthropological Survey of India located?
(a) New Delhi (b) Hyderabad (c) Calcutta (d) Pune

77. The landmark of Indian archaeology is the discovery of the Indus Valley civilisation. When was this discovery made?
(a) 1912 (b) 1921 (c) 1935 (d) 1947

78. Where are the National Archives of India located?
(a) New Delhi (b) Calcutta (c) Dehra Dun (d) Bhopal

79. Where was Gandhiji born?
(a) Wardha (b) Rajkot (c) Gandhi Nagar (d) Porbandar

80. Who founded the Indian Federation of Labour?
(a) Jayaprakash Narayan (b) M.N. Roy (c) N.M. Joshi (d) V.V. Giri

5
ECONOMIC FRAMEWORK

1. When was the Planning Commission set up to prepare a blueprint of development for the country?
(a) 1948 (b) 1949 (c) 1950 (d) 1951

2. Who is the exofficio Chairman of the Planning Commission of India?
(a) Prime Minister (b) Minister for Finance (c) Minister for Agriculture (d) Minister for Home Affairs

3. Which is the highest body that approves Five Year Plans in the country?
(a) Parliament (b) Planning Commission (c) National Development Council (d) Finance Ministry

4. Under which Five Year Plan was the dependence on deficit financing for mobilising plan resources the largest?
(a) Second Plan (b) Third Plan (c) Fourth Plan (d) Sixth Plan

5. As a source of financing, in which Plan did external assistance rank first?
(a) Second Plan (b) Third Plan (c) Annual Plans (d) Fourth Plan

6. Which of the following received the highest allocation of resources under the Seventh Plan?

(a) Agriculture and irrigation (b) Energy and power (c) Social services (d) Industry and minerals

7. In which State was the per capita plan outlay lowest under the Seventh Plan?
(a) West Bengal (b) Bihar (c) Rajasthan (d) Kerala

8. The Third Five Year Plan ended on 31 March 1966. When did the Fourth Five Year Plan begin?
(a) 1 April 1966 (b) 1 April 1967 (c) 1 April 1968 (d) 1 April 1969

9. Under which Five Year Plan was the annual growth rate of national income the highest?
(a) Second Plan (b) Fourth Plan (c) Sixth Plan (d) Seventh Plan

10. The share of public sector in total investment was around 27 per cent in 1950-51. What was its percentage share in the Seventh Plan?
(a) 43 (b) 46 (c) 48 (d) 51

11. Under which Plan was the overall incremental capital-output ratio found to be the lowest?
(a) First Plan (b) Second Plan (c) Fifth Plan (d) Sixth Plan

12. In terms of the percentage allocation of

planned resources which Five Year Plan gave the first place to irrigation?
(a) First Plan (b) Third Plan (c) Fifth Plan (d) Seventh Plan

13. In which Five Year Plan was rapid industrialisation with particular emphasis on the development of basic and heavy industries laid down as one of the main objectives?
(a) First Plan (b) Second Plan (c) Third Plan (d) Fourth Plan

14. In which year did Parliament declare that the broad objective of economic policy should be to achieve a socialistic pattern of society?
(a) 1952 (b) 1954 (c) 1956 (d) 1957

15. What target has been laid down for the annual growth rate in GDP in the Eighth Plan?
(a) 4.8 per cent (b) 5.2 per cent (c) 5.4 per cent (d) 5.6 per cent

16. Dadabhai Naoroji was one of the first persons to estimate the country's national income during the British period. What was his estimate of per capita income for the year 1868?
(a) Rs. 20 (b) Rs. 25 (c) Rs. 30 (d) Rs. 45

17. When was the National Income Committee set up under the chairmanship of Prof.

P.C. Mahalanobis?
(a) 1948 (b) 1949 (c) 1950 (d) 1951

18. The share of the agriculture sector in GDP was about 55 per cent in the early 1950s. By the end of 1980s, the percentage share had come down to around:
(a) 40 (b) 36 (c) 33 (d) 30

19. Which Plan was terminated one year earlier than its scheduled end?
(a) Fourth Plan (b) Fifth Plan (c) Sixth Plan (d) Third Plan

20. During which period was the rate of investment highest?
(a) 1985-86 to 1989-90 (b) 1981-82 to 1985-86 (c) 1976-77 to 1980-81 (d) 1971-72 to 1975-76

21. What was the average annual growth rate in national income during the thirty-five year period between 1951-86?
(a) 2.6 per cent (b) 3.0 per cent (c) 3.5 per cent (d) 4.0 per cent

22. Though marked by frequent ups and downs, per capita income shows a rising trend. What was the average annual growth rate during 1951-86?
(a) 0.9 per cent (b) 1.3 per cent (c) 1.5 per cent (d) 2.3 per cent

23. In which Plan was the average annual growth rate in per capita income highest? (a) Fourth Plan (b) Fifth Plan (c) Sixth Plan (d) Seventh Plan

24. In which State was the proportion of population below the poverty line highest in 1983-84?
(a) Bihar (b) Madhya Pradesh (c) Orissa (d) Uttar Pradesh

25. What is the target for the reduction of poverty ratio in the country by AD 2000? (a) 15 per cent (b) 10 per cent (c) 7 per cent (d) 5 per cent

26. Which sector occupied the top position in terms of its growth performance during 1985-86 to 1989-90?
(a) Public administration and defence (b) Transport, storage & communication (c) Electricity, gas & water supply (d) Unregistered manufacturing

27. What is India's rank in the world production of rice?
(a) First (b) Second (c) Third (d) Fourth

28. India ranks first in the worldwide production of:
(a) Tea (b) Groundnut (c) Sugarcane (d) Cotton

29. What rank does India hold in the world in milk production?
(a) Second (b) Third (c) Fourth (d) Fifth

30. Under which Five Year plan did agricultural production record a negative growth?
(a) Second Plan (b) Third Plan (c) Fourth Plan (d) Fifth Plan

31. The Food Corporation of India (FCI) operates as the sole agency of the Central Government for procurement, import, storage, movement, distribution and sales of foodgrains. When was it set up?
(a) 1956 (b) 1961 (c) 1965 (d) 1968

32. Which State tops the list in respect of yield per hectare of wheat?
(a) Haryana (b) Punjab (c) Uttar Pradesh (d) Gujarat

33. Which crop accounts for the largest area under cultivation in the country?
(a) Rice (b) Wheat (c) Pulses (d) Oilseeds

34. Which decade of Indian planning has been the best decade of agricultural growth?
(a) Fifties (b) Sixties (c) Seventies (d) Eighties

35. The share of which State is the largest in the national production of rice?

(a) West Bengal (b) Andhra Pradesh (c) Uttar Pradesh (d) Bihar

36. Which State has the largest share in the total production of groundnuts in the country?
(a) Gujarat (b) Andhra Pradesh (c) Tamil Nadu (d) Karnataka

37. Which State has the highest yield per hectare in respect of sugarcane?
(a) Tamil Nadu (b) Maharashtra (c) Karnataka (d) Gujarat

38. When was the first agricultural census carried out in the country?
(a) 1955-56 (b) 1970-71 (c) 1975-76 (d) 1981-82

39. The Indian Council of Agricultural Research is an apex body for formulating plans and coordinating research work in agriculture and allied fields. When was it set up?
(a) 1919 (b) 1929 (c) 1935 (d) 1949

40. Which of the following is at present the main source of irrigation in the country?
(a) Canals (b) Tanks (c) Wells (d) Rivers

41. Identify the year in which the Government set up the National Seeds Corporation for meeting the requirements of quality seeds:

(a) 1956 (b) 1963 (c) 1971 (d) 1976

42. The production of foodgrains stood at 51 million tonnes in 1950-51. What was the average level of annual production of foodgrains during the Seventh Plan?
(a) 135 million tonnes (b) 145 million tonnes (c) 155 million tonnes (d) 165 million tonnes

43. The Green Revolution refers to the dramatic increase in agricultural production in a short span of time around the mid-sixties. With which crop has it been mainly associated?
(a) Wheat (b) Rice (c) Cotton (d) Sugarcane

44. Under the British rule the country's agriculture remained largely in a state of stagnation. What was the estimated annual growth rate in agricultural production during the first half of the twentieth century?
(a) 1.25 per cent (b) 0.75 per cent (c) 0.50 per cent (d) 0.25 per cent

45. Though subject to large periodic fluctuations, agricultural production shows a definite uptrend since the commencement of planning. What is the average growth rate per annum?
(a) 3.5 per cent (b) 2.7 per cent (c) 2.0 per cent (d) 1.5 per cent

46. What is the average size of agricultural holdings in the country?
(a) 1.7 hectares (b) 2.0 hectares (c) 2.5 hectares (d) 3.0 hectares

47. What percentage of agricultural holdings in the country are even less than one hectare in size?
(a) 51.0 (b) 56.5 (c) 58.0 (d) 60.2

48. The contribution of which State is the largest in the total production of foodgrains in the country?
(a) Punjab (b) Uttar Pradesh (c) Madhya Pradesh (d) Andhra Pradesh

49. Which State has the largest net irrigated area as a percentage of the net cropped area?
(a) Uttar Pradesh (b) Haryana (c) Tamil Nadu (d) Punjab

50. What rank does India hold in the world as a producer of fruits?
(a) Third (b) Fourth (c) Fifth (d) Sixth

51. The State Farms Corporation of India (SFCI) has been set up for developing large-sized mechanised farms primarily for the production of quality seeds. When was this Corporation set up?
(a) 1965 (b) 1967 (c) 1969 (d) 1971

52. When was the first Cooperative Credit

Societies Act, which was designed to combat rural indebtedness and to provide for registration of credit societies in the country, passed?
(a) 1904 (b) 1912 (c) 1919 (d) 1923

53. Which crop generally accounts for the largest irrigated area under its cultivation?
(a) Wheat (b) Rice (c) Sugarcane (d) Oilseeds

54. In which year was the system of food rationing introduced for the first time in the country?
(a) 1940-41 (b) 1943-44 (c) 1947-48 (d) 1949-50

55. What is India's rank in the world production of sugar?
(a) First (b) Second (c) Third (d) Fourth

56. What place does India occupy in the world in the manufacture of cotton woven fabrics?
(a) Second (b) Third (c) Fifth (d) Seventh

57. Under which Five Year Plan industrial production recorded the highest growth rate?
(a) Second Plan (b) Third Plan (c) Fourth Plan (d) Sixth Plan

58. Which State has the largest number of factories in the country?

(a) Tamil Nadu (b) Maharashtra (c) Gujarat (d) Andhra Pradesh

59. With effect from 2 April 1991, an industrial unit is regarded as a small scale undertaking in which investment in fixed assets in plant and machinery does not exceed:
(a) Rs 60 lakh (b) Rs 65 lakh (c) Rs 70 lakh (d) Rs 75 lakh

60. Which State has the distinction of having the largest number of registered small-scale industries?
(a) West Bengal (b) Uttar Pradesh (c) Madhya Pradesh (d) Punjab

61. When was India's first iron and steel mill built at Jamshedpur by the Tata company?
(a) 1905 (b) 1907 (c) 1910 (d) 1913

62. In which year was the Ministry of Industry constituted?
(a) 1972 (b) 1974 (c) 1976 (d) 1978

63. When was the Monopolies and Restrictive Trade Practices (MRTP) Act passed?
(a) 1956 (b) 1961 (c) 1965 (d) 1969

64. In which year was the Industries (Development and Regulation) Act placed on the Statute Book?
(a) 1949 (b) 1950 (c) 1951 (d) 1956

65. Identify the year in which the first

power-driven jute mill was established at Rishra, near Calcutta:
(a) 1855 (b) 1859 (c) 1867 (d) 1880

66. The National Newsprint and Paper Mills Ltd. started production in 1955. In which State is it located?
(a) Madhya Pradesh (b) Karnataka (c) Uttar Pradesh (d) Kerala

67. The origin of the cotton textile industry in the country dates back to 1818 when the first cotton mill was started. Where was it located?
(a) Calcutta (b) Bombay (c) Madras (d) Ahmedabad

68. The objective of the State Trading Corporation is to diversify the country's foreign trade and to supplement the efforts of private sector in developing India's foreign trade. When was this Corporation set up?
(a) 1952 (b) 1954 (c) 1956 (d) 1960

69. From which year did the Trade Fair Authority of India, set up as a Government company under the Companies Act, start functioning?
(a) 1954 (b) 1955 (c) 1956 (d) 1957

70. Where is the Indian Institute of Foreign Trade located?

(a) New Delhi (b) Bombay (c) Calcutta (d) Madras

71. Among the various items of export, which item earns the largest amount of foreign exchange for the country?
(a) Engineering goods (b) Handicrafts (c) Leather manufactures (d) Cotton fabrics

72. On the import of which commodity or commodity-group does the country spend the largest amount of foreign exchange at present?
(a) Petroleum & products (b) Iron & steel (c) Chemical elements & compounds (d) Electrical machinery

73. In only two years since 1950-51, India had favourable balance of trade. One such year was 1972-73. Which was the other?
(a) 1973-74 (b) 1976-77 (c) 1977-78 (d) 1978-79

74. The Export-Import Bank of India (Exim-Bank) is the principal financial institution for coordinating the work of institutions engaged in the financing of export and import trade. Where was it established?
(a) 1982 (b) 1980 (c) 1978 (d) 1976

75. During twenty years, between 1970-71 and 1990-91, India's exports decreased only in

one year. Identify the year.
(a) 1971-72 (b) 1978-79 (c) 1985-86 (d) 1990-91

76. Where has a free trade zone been created to promote the export of electronic goods from the country?
(a) Cochin (b) Haldia (c) Kandla (d) Marmugao

77. How many major banks in the country were nationalised in 1969?
(a) Sixteen (b) Fourteen (c) Twelve (d) Ten

78. When was the first bank of limited liability managed by Indians, known as Oudh Commercial Bank, established in the country?
(a) 1881 (b) 1894 (c) 1901 (d) 1904

79. Since when did a new category of banking institutions come into existence in the form of Regional Rural Banks?
(a) 1971 (b) 1975 (c) 1979 (d) 1981

80. Under which Plan did wholesale prices record the largest increase?
(a) Seventh Plan (b) Sixth Plan (c) Fourth Plan (d) Third Plan

81. Which of the following is not a source of revenue to the Union Government?
(a) Agricultural income tax (b) Customs

duty (c) Corporation tax (d) Wealth tax

82. Considering revenue receipts of the State Governments, which one of the following brings in the largest amount?
(a) Land revenue (b) Share of Union excise duties (c) General sales tax (d) Stamps & registration fees

83. Approximately what percentage of the total tax revenue is raised through indirect taxes in the country?
(a) 70 (b) 76 (c) 80 (d) 86

84. Taking into account the combined revenue expenditure of the Centre, States and Union Territories, in which area at present is the largest expenditure incurred?
(a) Interest payments (b) Defence services (net) (c) Education (d) Administrative services

85. India has received the largest amount of foreign aid from:
(a) U.S.A. (b) I.B.R.D. (c) I.D.A. (d) U.S.S.R.

86. The exchange value of the Rupee is at present linked to:
(a) Gold only (b) US dollar (c) Multi-currency basket (d) Pound-sterling

6
TRANSPORT AND COMMUNICATION

1. In terms of the percentage allocation of the plan outlay which Five Year Plan accorded the highest priority to transport and communication?
(a) First Plan (b) Second Plan (c) Third Plan (d) Fourth Plan

2. What has been approximately the overall annual growth rate in the sphere of transport in the country since 1950-51?
(a) 3.5 per cent (b) 4.0 per cent (c) 4.5 per cent (d) 5.0 per cent

3. As a railway system under a single management, the rank of the Indian Railways in the world is:
(a) Fifth (b) Fourth (c) Third (d) Second

4. Into how many zones are the Indian Railways divided?
(a) Ten (b) Nine (c) Eight (d) Seven

5. Where are the headquarters of the South Central Railway?
(a) Secunderabad (b) Calcutta (c) Hyderabad (d) Vijayawada

6. Gorakhpur is headquarters of the:
(a) South Eastern Railway (b) North

Eastern Railway (c) Northeast Frontier Railway (d) Eastern Railway

7. Which Railway zone in the country is the largest in terms of route kilometres?
(a) Western (b) South Central (c) Northern (d) Central

8. Since when were Railway finances separated from general revenues?
(a) 1919-20 (b) 1924-25 (c) 1929-30 (d) 1935-36

9. From which year was the production of steam locomotives discontinued?
(a) 1975 (b) 1972 (c) 1970 (d) 1966

10. In which year did the first railway train steam off from Bombay to Thane, a stretch of 34 km?
(a) 1853 (b) 1859 (c) 1866 (d) 1871

11. Railway locomotives are built at two places in the country. One is Chittaranjan. Which is the other?
(a) Jabalpur (b) Varanasi (c) Allahabad (d) Tatanagar

12. In which year did the Chittaranjan Locomotive Works produce its first engine?
(a) 1950-51 (b) 1955-56 (c) 1959-60 (d) 1961-62

13. What percentage of the total kilometre of

the Indian Railways is broad gauge?
(a) 65 (b) 56 (c) 50 (d) 46

14. Since 1950-51, the railway electrified route-length in the country has been increasing at the annual rate of:
(a) 9.5 per cent (b) 8.5 per cent (c) 6.8 per cent (d) 5.4 per cent

15. Which of the following is the fastest train in India?
(a) Frontier Mail (b) Rajdhani Express (c) Taj Express (d) Shatabdi Express

16. Around what per cent of the total kilometres is covered by the metre gauge?
(a) 25 (b) 22 (c) 19 (d) 16

17. Where is the Indian Railways Institute of Signal Engineering and Telecommunications located?
(a) Pune (b) Secunderabad (c) Jamalpur (d) Vadodara

18. The Integral Coach Factory is located at:
(a) Perambur (b) Lucknow (c) Calcutta (d) Varanasi

19. Identify the average annual growth rate recorded by the Indian Railways in both freight and passenger traffic over the last three decades:
(a) 7 per cent (b) 6.5 per cent (c) 6 per cent (d) 5 per cent

20. About how many long distance Mail or Express trains do the Indian Railways run?
(a) 600 (b) 700 (c) 800 (d) 900

21. Which of the following trains cover the longest distance in the country?
(a) Guwahati-Trivandrum Express (b) New Delhi-Trivandrum Express (c) Gorakhpur-Cochin Express (d) Ahmedabad-Trivandrum Express

22. Between which cities does the Pink City Express train run?
(a) Madras-Bangalore (b) Madras-Tuticorin (c) Jodhpur-Delhi (d) Delhi-Jaipur

23. The Chetak Express train runs between:
(a) New Delhi and Indore (b) New Delhi and Gwalior (c) Delhi and Udaipur (d) Jodhpur and Delhi

24. The Research, Designs and Standards Organisation is responsible for research and technological development of railways. In which year did it come into existence?
(a) 1955 (b) 1957 (c) 1959 (d) 1961

25. Where are the headquarters of the Commissioner of Railways Safety, which has been set up under the administrative control of the Ministry of Civil Aviation?
(a) New Delhi (b) Bhopal (c) Varanasi (d) Lucknow

26. The Indian road network is one of the largest in the world. What is the annual rate of its expansion?
(a) 3.5 per cent (b) 4.5 per cent (c) 5.0 per cent (d) 5.5 per cent

27. Roughly what proportion of the total road length in the country is unsurfaced?
(a) 45 per cent (b) 48 per cent (c) 53 per cent (d) 58 per cent

28. In which State are all the villages connected with all-weather roads?
(a) Kerala (b) Haryana (c) Punjab (d) Gujarat

29. Around what per cent of the total number of villages in the country are at present connected with all-weather roads?
(a) 38 (b) 42 (c) 46 (d) 52

30. Which State in the country has the highest road length?
(a) Maharashtra (b) Uttar Pradesh (c) Tamil Nadu (d) Andhra Pradesh

31. Since when did State participation in road transport commence in the country?
(a) 1956 (b) 1954 (c) 1952 (d) 1950

32. Approximately what percentage of total buses are being run by public sector undertakings in the country as a whole?
(a) 20 (b) 30 (c) 40 (d) 50

33. When was the Road Transport Corporations Act enacted?
(a) 1964 (b) 1960 (c) 1956 (d) 1950

34. The share of national highways in the country's total road traffic is nearly:
(a) 30 per cent (b) 35 per cent (c) 40 per cent (d) 45 per cent

35. Of the total road length in the country, national highways constitute nearly:
(a) 2 per cent (b) 5 per cent (c) 7 per cent (d) 10 per cent

36. Bullock carts in the country carry an estimated 90 crore tonnes of originating traffic annually. What is approximately the number of bullock carts in the country?
(a) 120 lakh (b) 130 lakh (c) 140 lakh (d) 150 lakh

37. For smooth movement of goods, the restriction on the number of vehicles for which national permit could be issued by States or Union Territories has been removed by amending the Motor Vehicles Act of 1939 through an ordinance. When was this ordinance issued?
(a) 1986 (b) 1982 (c) 1978 (d) 1971

38. What is the average annual net loss suffered by the State Road Transport Undertakings during the Seventh Plan?

(a) Rs 175 crore (b) Rs 200 crore (c) Rs 250 crore (d) Rs 330 crore

39. In which year was the Border Roads Development Board set up?
(a) 1956 (b) 1960 (c) 1966 (d) 1969

40. What is the amount of loss caused by road accidents in the country per year?
(a) Rs 650 crore (b) Rs 600 crore (c) Rs 550 crore (d) Rs 450 crore

41. About how many deaths per day do road accidents cause in the country?
(a) 115 (b) 100 (c) 90 (d) 80

42. India has the highest road accident rate in the world. Approximately what is the accident rate per ten thousand people in the country?
(a) 20 per cent (b) 25 per cent (c) 30 per cent (d) 35 per cent

43. What is India's rank in the world in shipping tonnage?
(a) 10th (b) 16th (c) 20th (d) 24th

44. How many major ports are there in the country?
(a) Eight (b) Nine (c) Ten (d) Eleven

45. Which is the biggest port in the country?
(a) Bombay (b) Madras (c) Kandla (d) Visakhapatnam

46. When was the Shipping Credit and Investment Company of India (SCICI) launched for financing private sector shipping?
(a) 1987 (b) 1985 (c) 1983 (d) 1981

47. The National Institute of Port Management was set up in 1985. Where is it located?
(a) Calcutta (b) Madras (c) Bombay (d) Cochin

48. Approximately what per cent of the total seaborne cargo is carried by Indian vessels?
(a) 36 (b) 42 (c) 48 (d) 55

49. What has approximately been the annual growth rate in overseas shipping tonnage since 1950-51?
(a) 11 per cent (b) 10 per cent (c) 9 per cent (d) 8 per cent

50. Where was India's first ship-building yard established?
(a) Visakhapatnam (b) Cochin (c) Calcutta (d) Bombay

51. Air-India inaugurated its first international service in June 1948. What was its destination?
(a) London (b) Paris (c) Frankfurt (d) New York

52. The International Airports Authority of India was set up on 1 February 1972.

Where are its headquarters?
(a) Bombay (b) Delhi (c) Calcutta (d) Madras

53. When was the Vayudoot, the second domestic airline, in the country set up?
(a) 1979 (b) 1980 (c) 1981 (d) 1982

54. Indian Airlines was set up under the Air Corporations Act of 1953. Where are its headquarters?
(a) Bombay (b) Delhi (c) Calcutta (d) Madras

55. Pawan Hans Limited, set up as a Government company in 1985, has two regional offices. One is at Delhi. Where is the other?
(a) Calcutta (b) Madras (c) Bombay (d) Guwahati

56. What is the annual growth rate in respect of domestic air passenger traffic?
(a) 8.5 per cent (b) 9.5 per cent (c) 10.5 per cent (d) 11.5 per cent

57. Which State in the country has the largest number of post offices?
(a) Andhra Pradesh (b) Uttar Pradesh (c) Tamil Nadu (d) Maharashtra

58. Which State or Union Territory is most favourably placed in respect of the area

served by a post office?
(a) Chandigarh (b) Delhi (c) Kerala (d) Tamil Nadu

59. The postal system in India dates back to the year:
(a) 1837 (b) 1852 (c) 1854 (d) 1856

60. When was the Postal Index Number (PIN), a numerical postal address code, introduced in the country?
(a) 1970 (b) 1972 (c) 1974 (d) 1976

61. Where is Hindustan Teleprinters Limited, a public sector undertaking, located?
(a) Madras (b) Bombay (c) Bangalore (d) Calcutta

62. The Indian Telephone Industries Limited, Bangalore, has a number of production units. How many?
(a) Three (b) Four (c) Five (d) Six

63. The International Subscriber Dialling (ISD) telephone service was first introduced from an Indian city to the U.K. Which was that city?
(a) New Delhi (b) Bombay (c) Bangalore (d) Madras

64. Which is the most abundant category of hotels in India?
(a) Five Star (b) Three Star (c) Two Star (d) One Star

65. In which year was the India Tourism Development Corporation (ITDC) established?
(a) 1956 (b) 1960 (c) 1966 (d) 1970

66. From which foreign country do the largest number of tourists visit India?
(a) U.S.A. (b) U.K. (c) West Germany (d) France

67. Which was the first newspaper in India?
(a) Calcutta Chronicle (b) Madras Courier (c) Bengal Gazette (d) Bengal Journal

68. The Gujarati daily *Bombay Samachar*, published from Bombay, is the oldest surviving newspaper in the country. When did it come into existence?
(a) 1822 (b) 1832 (c) 1841 (d) 1850

69. How many centenarians does the Indian press consist of?
(a) Thirty-four (b) Thirty-six (c) Thirty-eight (d) Forty

70. Which State or Union Territory has the distinction of publishing the largest number of newspapers in the country?
(a) Maharashtra (b) Uttar Pradesh (c) West Bengal (d) Delhi

71. Where are the headquarters of the Press Information Bureau located?

(a) Delhi (b) Calcutta (c) Bombay (d) Madras

72. How many news agencies are there in the country?
(a) Two (b) Three (c) Four (d) Five

73. The largest number of daily newspapers are published in Hindi. Which language in the country occupies the second place in this respect?
(a) Urdu (b) English (c) Marathi (d) Tamil

74. When was the first Press Council of India constituted?
(a) 1978 (b) 1979 (c) 1980 (d) 1982

75. Which Hindi news magazine has the highest circulation?
(a) Nutan Kahaniyan (b) Manohar Kahaniyan (c) Satya Katha (d) Grah Sobha

7
EDUCATION AND HEALTH

1. Despite rise in literacy rate, India continues to be a land of sizeable illiterates. The total number of illiterates in all age groups in the country in 1991 has been estimated at around:
(a) 31.4 crore (b) 33.6 crore (c) 36.5 crore (d) 40.2 crore

2. The Census 1991 records literacy rate for population aged 7 years and above at:
(a) 48.4 per cent (b) 50.6 per cent (c) 52.2 per cent (d) 55.3 per cent

3. In which State or Union Territory is the literacy rate highest in the country?
(a) Chandigarh (b) Kerala (c) Maharashtra (d) Delhi

4. Which State or Union Territory in the country ranks lowest in literacy?
(a) Rajasthan (b) Uttar Pradesh (c) Bihar (d) Dadra & Nagar Haveli

5. Identify the State which recorded the lowest literacy rate among females in the country:
(a) Bihar (b) Uttar Pradesh (c) Madhya Pradesh (d) Rajasthan

6. The female literacy rate in the country stood at about 39 per cent in 1991. What was the literacy rate among males?
(a) 64 per cent (b) 60 per cent (c) 58 per cent (d) 55 per cent

7. What was the urban literacy rate in India in 1981?
(a) 58.6 per cent (b) 57.4 per cent (c) 56.4 per cent (d) 55.8 per cent

8. The literacy rate in rural areas in the country in 1981 was:

(a) 29.7 per cent (b) 28.6 per cent (c) 27.8 per cent (d) 26.9 per cent

9. When was the New National Policy on Education, popularly known as the New Education Policy, approved by Parliament?
(a) 1984 (b) 1985 (c) 1986 (d) 1987

10. The number of illiterates in the 15-35 age group at the beginning of the Eighth Plan period has been estimated at about:
(a) 6.5 crore (b) 7.8 crore (c) 8.6 crore (d) 10.5 crore

11. When was the National Institute of Adult Education set up to augment the technical and academic resource support to adult education?
(a) 1992 (b) 1991 (c) 1990 (d) 1989

12. When was the Operation Blackboard introduced to bring about a substantial improvement in the primary school education?
(a) 1990-91 (b) 1987-88 (c) 1985-86 (d) 1980-81

13. Which of the following was known as a Centre of Learning in ancient period?
(a) Nalanda (b) Allahabad (c) Kurukshetra (d) Ujjain

14. There are four Indian Institutes of

Managements (IIMs) in the country. Three of these are at Ahmedabad, Calcutta and Bangalore. Where is the fourth located?
(a) Allahabad (b) Lucknow (c) Delhi (d) Kharagpur

15. When was the University Grants Commission initially set up?
(a) 1951 (b) 1953 (c) 1955 (d) 1957

16. Which of the following is a Central university?
(a) Banaras Hindu University (b) Allahabad University (c) Calcutta University (d) Lucknow University

17. The first college created along modern lines was the Hindu College (later Presidency College), Calcutta. When was it established?
(a) 1857 (b) 1834 (c) 1825 (d) 1817

18. In which year did the Government institute a system of National Professorship to honour distinguished academics and scholars?
(a) 1948 (b) 1949 (c) 1950 (d) 1951

19. There were 27 Universities in the country in 1951. What was this number forty years later in 1991?
(a) 100 (b) 125 (c) 146 (d) 160

20. Where is the Indian Institute of Advanced Study located?
(a) Chandigarh (b) Hyderabad (c) New Delhi (d) Shimla

21. The National Council of Educational Research and Training, New Delhi, acts as the principal agency for academic advice to the Ministry of Human Resource Development. When was it established?
(a) 1956 (b) 1958 (c) 1961 (d) 1963

22. When was the 10+2+3 pattern of education, first recommended by the Calcutta University Commision (1917-19), made a part of the National Policy on Education?
(a) 1961 (b) 1963 (c) 1965 (d) 1968

23. The National Book Trust has been producing books in Indian languages as well as in English at moderate prices to foster readership among the people. When was it set up?
(a) 1961 (b) 1959 (c) 1957 (d) 1953

24. What is India's rank in the world of book publishing?
(a) Fourth (b) Fifth (c) Sixth (d) Seventh

25. When was the Indira Gandhi National Open University established to give a thrust to Distance Education in the country?
(a) 1985 (b) 1987 (c) 1989 (d) 1991

26. When did education become the joint responsibility of both the Central and State Governments?
(a) 1978 (b) 1976 (c) 1974 (d) 1971

27. Where is Shri Lal Bahadur Shastri Rashtriya Sanskrit Vidyapeeth located?
(a) Varanasi (b) Allahabad (c) Pune (d) New Delhi

28. How many institutions have been declared by Parliament to be institutions of national importance?
(a) Ten (b) Nine (c) Eight (d) Seven

29. When was the Mass Programme of Functional Literacy launched in the country?
(a) 1976 (b) 1980 (c) 1982 (d) 1986

30. The Kendriya Hindi Sansthan promotes the development of improved methodology for teaching Hindi to non-Hindi speaking persons. Where has it been set up?
(a) Agra (b) Allahabad (c) New Delhi (d) Nagpur

31. What was the death rate in India per 1000 population in 1990 according to the Sample Registration System (SRS) estimates?
(a) 12.5 (b) 10.6 (c) 9.6 (d) 8.7

32. Identify the State where the death rate is lowest:

(a) Maharashtra (b) Punjab (c) Karnataka (d) Kerala

33. The infant mortality rate in the country was 129 in 1971. What was this rate in 1990?
(a) 98 (b) 92 (c) 85 (d) 80

34. In which State is the infant mortality rate highest?
(a) Orissa (b) Madhya Pradesh (c) Uttar Pradesh (d) Rajasthan

35. Which State has the lowest infant mortality rate?
(a) West Bengal (b) Kerala (c) Karnataka (d) Punjab

36. The share of infant deaths to total deaths in the country is around:
(a) 28 per cent (b) 33 per cent (c) 36 per cent (d) 40 per cent

37. The life expectancy of average Indian since Independence has increased from a mere 32 years to about:
(a) 50 years (b) 52 years (c) 55 years (d) 58 years

38. In which State is the life expectancy for females highest in the country?
(a) Karnataka (b) Maharashtra (c) Kerala (d) Punjab

39. Identify the number of villages/habitations in the country where per capita supply of water is less than 40 litres per day or part of population remains unserved or the water resources are polluted:
(a) 1.5 lakh (b) 1.8 lakh (c) 2.1 lakh (d) 2.4 lakh

40. When was the AIDS Control Programme launched in the country as a Central Sector Scheme?
(a) 1986 (b) 1988 (c) 1989 (d) 1990

41. In which year did the Central Government Health Scheme start in the country?
(a) 1950 (b) 1952 (c) 1954 (d) 1956

42. The BCG Vaccine Laboratory in the country, established in 1948, is the world's largest vaccine producing centre. Where is it?
(a) Calcutta (b) Madras (c) Kasauli (d) Bombay

43. Which one of the following laboratories is located at Bombay?
(a) Central Food Laboratory (b) Central Drugs Laboratory (c) Haffkine Institute (d) Central Research Institute

44. In which year was the Prevention of Food Adulteration Act passed?
(a) 1950 (b) 1952 (c) 1954 (d) 1956

45. The Central Institute of Research in Indigenous Systems of Medicine has been functioning since 1953? Where is it located?
(a) Pune (b) Jamnagar (c) Haridwar (d) Varanasi

46. Where is the Indian Council of Medical Research, founded in 1912, located?
(a) New Delhi (b) Calcutta (c) Madras (d) Bombay

47. The prevalence of Cancer in the country is estimated to be:
(a) 3.2-3.5 millions (b) 2.6-3.1 millions (c) 2.2-2.5 millions (d) 1.5-2.0 millions

48. The family planning programme in India was officially adopted for the first time in the year:
(a) 1950 (b) 1952 (c) 1956 (d) 1961

49. When was the Universal Immunisation Programme started in the country?
(a) 1985-86 (b) 1980-81 (c) 1978-79 (d) 1975-76

50. The National Tuberculosis Institute is located at:
(a) Kasauli (b) Bangalore (c) Calcutta (d) Madras

51. When was India declared free from smallpox by the International Assessment Commission?

(a) 1977 (b) 1975 (c) 1973 (d) 1971

52. The overall prevailing rate of leprosy in India per thousand population is:
(a) 8.5 (b) 7.7 (c) 6.5 (d) 5.7

53. The National Institute of Homoeopathy is located at:
(a) New Delhi (b) Calcutta (c) Lucknow (d) Madras

54. The number of disabled people in the country, as estimated by the National Sample Survey Organisation, is around:
(a) 160 lakh (b) 140 lakh (c) 120 lakh (d) 100 lakh

55. The number of disabled population in India is largest in the State of:
(a) Uttar Pradesh (b) West Bengal (c) Madhya Pradesh (d) Andhra Pradesh

56. By which year is the goal 'Health for All' to be attained in the country?
(a) 1996 (b) 2000 (c) 2005 (d) 2010

57. Which State has the highest number of special schools and centres for the mentally retarded in the country?
(a) Maharashtra (b) Kerala (c) West Bengal (d) Karnataka

58. Which State or Union Territory holds the first rank in the country in respect of

percentage of couples effectively protected by the family planning programme?
(a) Pondicherry (b) Punjab (c) Maharashtra (d) Haryana

59. Which State has the highest number of hospitals in the country?
(a) Kerala (b) Gujarat (c) Maharashtra (d) Uttar Pradesh

60. Hospital beds of all categories averaged 3.2 per 10,000 persons in 1951. What was this hospital bed – population ratio in 1991?
(a) 12.4 (b) 10.8 (c) 9.6 (d) 8.8

8
FREEDOM STRUGGLE AND AFTER

1. Which regiment was the first to rebel when the Revolt of 1857 began at Meerut on 10 May?
(a) Second Native Cavalry (b) Third Native Cavalry (c) Fourth Native Cavalry (d) Fifth Native Cavalry

2. When did the British Parliament transfer the power to govern India from the East India Company to the British Crown?
(a) 1847 (b) 1858 (c) 1862 (d) 1868

3. Who was the founder of the Indian National Congress?
(a) M.K. Gandhi (b) Lokmanya Tilak
(c) Dadabhai Naoroji (d) A.O. Hume

4. Who presided over the first session of the Indian National Congress at Bombay in 1885?
(a) Dadabhai Naoroji (b) W.C. Bonnerjee
(c) Badruddin Tyabji (d) Gopal Krishna Gokhale

5. In which month of 1885 was the Indian National Congress founded?
(a) March (b) August (c) October
(d) December

6. At the Calcutta Session in 1886 under the Presidentship of Dadabhai Naoroji, the National Congress became the entire country's Congress. How many delegates attended?
(a) 400 (b) 422 (c) 436 (d) 450

7. Who started the Shivaji festival in 1895 to stimulate nationalism among young persons by holding up the example of Shivaji for emulation?
(a) Vishnu Shastri (b) Lokmanya Tilak
(c) Bipin Chandra Pal (d) D.K. Karve

8. When did Lord Curzon issue an order dividing the province of Bengal into two parts?

(a) 1902 (b) 1903 (c) 1904 (d) 1905

9. Who laid the foundation of the Federation Hall to mark the indestructible unity of Bengal?
(a) Krishna Kumar Mitra (b) Anandamohan Bose (c) Rabindranath Tagore (d) Surendranath Banerjee

10. In which year the British Government adopted what came to be known as Morley-Minto Reforms:
(a) 1907 (b) 1908 (c) 1909 (d) 1910

11. Who of the following did not belong to the school of militant nationalism in the country?
(a) Krishna Kumar Mitra (b) Aurobindo Ghose (c) Lokmanya Tilak (d) Lala Lajpat Rai

12. The split between moderate nationalists and militant nationalists of the National Congress took place at its session in 1907. Where was this session held?
(a) Kanpur (b) Surat (c) Calcutta (d) Bombay

13. The Ghadar (Rebellion) Party in the U.S.A. was formed by:
(a) Lala Hardayal (b) Baba Gurmukh Singh (c) Raja Mahendra Pratap (d) Bhai Parmanand

14. With whose name in particular was the Aligarh Movement or School associated?
(a) M.A. Jinnah (b) Sayyid Ahmed Khan (c) Nawab Abdul Latif (d) Liaqat Ali Khan

15. In which year was the revolutionary Khudiram Bose hanged for throwing a bomb?
(a) 1907 (b) 1908 (c) 1909 (d) 1910

16. When did Gopal Krishna Gokhale put forward the claim for *Swaraj* or self-government within British Empire from the Congress platform?
(a) 1895 (b) 1905 (c) 1907 (d) 1909

17. Surendranath Banerjee left the Congress in 1918 and founded another party. What was the name of that party?
(a) Indian Liberal Federation (b) Indian Socialist Party (c) Indian Peoples' Party (d) Peasants Party of India

18. When did the British Government pass the Rowlatt Act under which any person could be imprisoned without a trial?
(a) March 1919 (b) April 1919 (c) May 1919 (d) June 1919

19. Which revolutionary gave his life fighting a battle with police at Balasore in 1915?
(a) Rash Bihari Bose (b) Lala Hardayal (c) Sardar Singh Rana (d) Jatin Mukherjee

20. At the 1916 session of the Indian National Congress unity was brought between moderates and militants as also between the Congress and the Muslim League. Where was this session held?
(a) Lahore (b) Lucknow (c) Calcutta (d) Ahmedabad

21. When did Gandhiji make his first great experiment in Satyagraha at Champaran, a district in Bihar?
(a) 1914 (b) 1917 (c) 1921 (d) 1923

22. The All India Khilafat Conference was held in November 1919. Where was it held?
(a) Aligarh (b) Lucknow (c) Lahore (d) Delhi

23. In which year did Gandhiji return from South Africa to serve his country and his people?
(a) 1918 (b) 1916 (c) 1915 (d) 1913

24. Gandhiji founded the Sabarmati Ashram at Ahmedabad to learn and practise the ideals of truth and non-violence. When was it founded?
(a) 1915 (b) 1916 (c) 1917 (d) 1918

25. The Satyagraha Sabha was founded in February 1919 which raised the nationalist movement to a new higher level. Who founded it?

(a) J.B. Kripalani (b) Mahatma Gandhi (c) Vallabhbhai Patel (d) Babu Rajendra Prasad

26. When were the Montague-Chelmsford Reforms announced?
(a) August 1917 (b) July 1918 (c) September 1919 (d) November 1920

27. On which day in April 1919 did the Jalianwalla Bagh massacre, one of the worst political crimes in modern history, take place?
(a) 7 April (b) 13 April (c) 19 April (d) 23 April

28. When was the Hindustan Republican Association founded to organise an armed revolution in the country?
(a) 1923 (b) 1924 (c) 1925 (d) 1926

29. What led to the suspension of the Non-Cooperation Movement of 1920-22?
(a) Repression by the British (b) Illness of Gandhiji (c) Violence at Chauri Chaura (d) Differences in Congress

30. Who led the Bardoli Satyagraha against the resettlement enhancements proposed by the Government?
(a) Manik Lal Verma (b) Babu Rajendra Prasad (c) Vallabhbhai Patel (d) Mahatma Gandhi

31. Two Home Rule Leagues were started in 1915-16. One was started under the leadership of Annie Beasant and S. Subramaniya Iyer. Who was the leader of the other?
(a) Lokmanya Tilak (b) M.A. Jinnah (c) Jawaharlal Nehru (d) Maulana Abul Kalam Azad

32. Two men participated in all the three Round Table Conferences. One was Tej Bahadur Sapru. Who was the other?
(a) B. R. Ambedkar (b) M. R. Jayakar (c) Jawaharlal Nehru (d) M.K. Gandhi

33. When was the All India Muslim League founded?
(a) 1902 (b) 1906 (c) 1911 (d) 1919

34. Two national leaders formed the Congress Khilafat Swaraj Party in December 1922. One was Chittaranjan Das. Who was the other?
(a) Madan Mohan Malaviya (b) Lala Lajpat Rai (c) Narendra Dev (d) Motilal Nehru

35. Some measure of provincial autonomy was introduced by:
(a) Morley-Minto Reforms (b) Government of India Act, 1935 (c) Montague-Chelmsford Reforms (d) Cripps' Mission

36. On 5 February 1922, a Congress procession

of 3,000 peasants at Chauri Chaura, when fired upon by the police, attacked and burnt the police station, causing the death of 22 policemen. In which district of Uttar Pradesh is Chauri Chaura located?
(a) Allahabad (b) Kanpur (c) Faizabad (d) Gorakhpur

37. At its Madras Session in 1927 the National Congress decided to boycott the Simon Commission at every stage and in every forum. Who presided over this session?
(a) M.A. Ansari (b) Motilal Nehru (c) S. Srinivasa Iyengar (d) Vallabhbhai Patel

38. Three revolutionary terrorists were executed on 23 March 1931 despite popular protest. Bhagat Singh and Sukhdev were two of them. Who was the third?
(a) Rajguru (b) Jatin Das (c) Surya Sen (d) B.K. Dutt

39. Where was the revolutionary, Chandra Shekhar Azad, killed in a shooting encounter with the police in a public park in February 1931?
(a) Allahabad (b) Varanasi (c) Gorakhpur (d) Lucknow

40. Who gave the slogan 'Inquilab Zindabad'?
(a) Subhas Chandra Bose (b) Jawaharlal Nehru (c) Maulana Abul Kalam Azad (d) Bhagat Singh

41. When was the pledge of Independence taken by the people of India during the period of freedom movement?
(a) 31 December 1929 (b) 26 January 1930 (c) 12 March 1930 (d) 26 January 1931

42. In April 1930, a raid was organised on the government armoury at Chittagong. Under whose leadership was it organised?
(a) B.K. Dutt (b) Bhagat Singh (c) Surya Sen (d) Subhas Chandra Bose

43. What was the official name of the Simon Commission which was appointed in November 1927?
(a) Commission for Provincial Autonomy (b) Indian Statutory Commission (c) Indian Minority Commission (d) Commission for Constitutional Reforms

44. The Gandhi-Irwin pact was ratified by the Congress at its Karachi Session on 29 March 1931. Who presided over this session?
(a) Vallabhbhai Patel (b) Rajendra Prasad (c) Jawaharlal Nehru (d) R. Amritlal

45. The Congress Session which passed a resolution declaring 'Poorna Swaraj' (full independence) for India as its objective was held at:
(a) Calcutta (b) Lahore (c) Amritsar (d) Nagpur

46. Who founded the All India Harijan Sangh in 1932?
(a) B.R. Ambedkar (b) M.K. Gandhi (c) Jagjivan Ram (d) D.K. Karve

47. Who started the Non-Cooperation Movement in India?
(a) Jawaharlal Nehru (b) Lokmanya Tilak (c) M.K. Gandhi (d) J.B. Kripalani

48. A well-known Socialist leader and thinker founded the Congress Socialist Party in 1934 and later on launched the Praja Socialist Party. Who was he?
(a) Narendra Dev (b) Raghukul Tilak (c) Jayaprakash Narayan (d) Ram Manohar Lohia

49. One of the defence lawyers in the Kakori case later became the Chief Minister of Uttar Pradesh. Who was he?
(a) G.B. Pant (b) C.B. Gupta (c) Charan Singh (d) Kamalapati Tripathi

50. In which year did the Communist Party of India come into existence?
(a) 1923 (b) 1925 (c) 1928 (d) 1930

51. When did Gandhiji start the second Civil Disobedience Movement with his famous Dandi March?
(a) March 1930 (b) April 1930 (c) May 1930 (d) June 1930

52. Who led the Salt Satyagraha Movement after the arrest of Mahatma Gandhi?
(a) Khan Abdul Ghaffar Khan (b) Abbas Tayyabji (c) Vinoba Bhave (d) Sarojini Naidu

53. Which is the correct sequence of the following events?
1. Second Civil Disobedience Movement
2. Khilafat agitation
3. Quit India Movement
(a) 2, 1, 3 (b) 1, 2, 3 (c) 3, 1, 2 (d) 2, 3, 1

54. Provincial elections were held in 1937 on the basis of the Government of India Act of 1935. In how many provinces were Congress ministries formed?
(a) Five (b) Six (c) Seven (d) Eight

55. Which of the following is not correctly matched?
(a) Vinoba Bhave — Bhoodan Movement (b) Subhas Chandra Bose — INA (c) Acharya Narendra Dev — Communist Party (d) Mahatma Gandhi — Champaran

56. Who formed the Forward Bloc?
(a) Achyut Patwardhan (b) Asoka Mehta (c) M.R. Masani (d) Subhas Chandra Bose

57. When was the All India Kisan Sabha formed?
(a) 1924 (b) 1928 (c) 1931 (d) 1936

58. When was the Quit India Movement started?
(a) July 1942 (b) August 1942 (c) September 1942 (d) October 1942

59. Who gave the slogan 'Do or Die'?
(a) Subhas Chandra Bose (b) Chandra Shekhar Azad (c) Mahatma Gandhi (d) Jawaharlal Nehru

60. Where was the INA (Indian National Army) formed in 1943?
(a) Burma (b) Singapore (c) Japan (d) Calcutta

61. When did the British Government send the Cabinet Mission to India to negotiate with the Indian leaders the terms for the transfer of power to Indians?
(a) January 1946 (b) February 1946 (c) March 1946 (d) April 1946

62. When was the announcement made that India and Pakistan would be two separate sovereign nation-states?
(a) 3 June 1947 (b) 7 June 1947 (c) 14 June 1947 (d) 26 June 1947

63. The Constituent Assembly of India was set up under:
(a) The Cabinet Mission Plan (b) Mountbatten's recommendations (c) The Simla Agreement (d) Cripps' Proposals

64. How many Sikh representatives were there in the Constituent Assembly of 1948?
(a) Ten (b) Seven (c) Four (d) Three

65. Two persons were sentenced to death in connection with the assassination of Mahatma Gandhi. One was N. Vinayak Godse. Who was the other?
(a) A.K. Patil (b) Narayan Apte (c) Narendra Godse (d) B. Surya Kumar

66. The Jana Sangh Party was founded in:
(a) 1948 (b) 1949 (c) 1950 (d) 1951

67. Jawaharlal Nehru was jailed on a number of occasions. Taken together approximately for how long did he remain in jail?
(a) 112 months (b) 107 months (c) 98 months (d) 88 months

68. In which year was the States Reorganisation Act passed?
(a) 1954 (b) 1955 (c) 1956 (d) 1957

69. After Independence, when did the first party split occur in the ruling Indian National Congress?
(a) 1966 (b) 1967 (c) 1968 (d) 1969

70. Who formed the Dalit Mazdoor Kisan Party in 1984?
(a) Charan Singh (b) H.N. Bahuguna (c) Karpuri Thakur (d) R.B. Advani

71. U.N. Dhebar became the President of the AICC in 1955. For how long did he remain the Congress President?
(a) Five years (b) Four years (c) Three years (d) Two years

72. On which day did the Allahabad High Court deliver its judgment declaring Mrs. Gandhi's 1971 election invalid on grounds of corrupt practices in an election petition filed by Raj Narain?
(a) 5 June 1975 (b) 12 June 1975 (c) 28 June 1975 (d) 7 July 1975

73. Who was President of the Congress Party when Lal Bahadur Shastri was elected to succeed Jawaharlal Nehru as the Prime Minister of India?
(a) K. Kamaraj (b) N. Sanjiva Reddy (c) U.N. Dhebar (d) Indira Gandhi

74. In which month of 1980 was Bhartiya Janata Party formed?
(a) January (b) February (c) March (d) April

75. Who was the opposition leader when the Janata Party came to power at the Centre in 1977?
(a) Mrs. Indira Gandhi (b) Y.B. Chavan (c) Ram Subhag Singh (d) Vasant Sathe

76. Where was Janata Dal, as a new political

party, launched in October 1988?
(a) Bangalore (b) New Delhi (c) Lucknow
(d) Madras

9

GOVERNMENT AND CONSTITUTION

1. Who is regarded as the architect of the Indian Constitution?
(a) B.R. Ambedkar (b) Jawaharlal Nehru
(c) Rajendra Prasad (d) C. Rajagopalachari

2. From which date did the Constitution of India come into force?
(a) 15 August 1949 (b) 26 November 1949
(c) 1 January 1950 (d) 26 January 1950

3. The Constitution of India has the distinction of being the longest constitutional document in the world. How many Articles did it contain originally?
(a) 375 (b) 385 (c) 395 (d) 400

4. What was the total number of States (including Part A, B and C States) at the time of the first General Election held in 1951-52?
(a) 18 (b) 20 (c) 21 (d) 22

5. By which Amendment have the Fundamental Duties of citizens been

included in the Indian Constitution?
(a) 44th Amendment (b) 42nd Amendment
(c) 40th Amendment (d) 38th Amendment

6. Which Schedule of the Indian Constitution contains the allocation of seats of each State and Union Territories in the Council of States?
(a) Third (b) Fourth (c) Fifth (d) Sixth

7. What is the minimum age prescribed for a candidate to become a member of the Lok Sabha?
(a) 20 years (b) 25 years (c) 30 years (d) 35 years

8. Which Article of the Constitution of India accords special status to Jammu and Kashmir?
(a) 74 (b) 114 (c) 311 (d) 370

9. How many Schedules are there in the Constitution of India?
(a) Eight (b) Nine (c) Ten (d) Eleven

10. How many Fundamental Rights are guaranteed to citizens by the Indian Constitution?
(a) Six (b) Seven (c) Eight (d) Ten

11. What is the maximum membership of the Lok Sabha?
(a) 500 (b) 520 (c) 525 (d) 545

12. Which Schedule of the Indian Constitution divides power between the Centre and the States?
(a) Fifth (b) Sixth (c) Seventh (d) Eighth

13. Which Schedule of the Indian Constitution deals with matters relating to anti-defection?
(a) Seventh (b) Eighth (c) Ninth (d) Tenth

14. Which Article of the Indian Constitution abolishes 'untouchability'?
(a) Article 14 (b) Article 15 (c) Article 16 (d) Article 17

15. In pursuance of which Article of the Indian Constitution has the Election Commission been set up?
(a) Article 76 (b) Article 148 (c) Article 214 (d) Article 324

16. Who appoints the Chief Election Commissioner of India?
(a) Parliament (b) President (c) Prime Minister (d) Chief Justice of India

17. How many members of the Lok Sabha are sent by the Union Territories?
(a) 22 (b) 20 (c) 18 (d) 16

18. Who was the first Deputy Prime Minister of India?
(a) Sardar Vallabhbhai Patel (b) G.L. Nanda (c) G.B. Pant (d) Lal Bahadur Shastri

19. How many members can be nominated to the Rajya Sabha by the President?
(a) 8 (b) 10 (c) 12 (d) 14

20. Who is the Chairman of the Rajya Sabha?
(a) Vice-President (b) Prime Minister (c) Leader of Opposition (d) Speaker of Lok Sabha

21. Who was the first Speaker of the Lok Sabha?
(a) Hukam Singh (b) G.V. Mavalankar (c) M.A. Ayyangar (d) N. Sanjiva Reddy

22. Who was the first Chairman of the Rajya Sabha?
(a) Zakir Husain (b) S. Radhakrishnan (c) Hukum Singh (d) Gulzari Lal Nanda

23. A certain proportion of members of the Rajya Sabha retire every two years by rotation and are replaced by new members. What is this proportion?
(a) One-third (b) One-fourth (c) One-fifth (d) One-sixth

24. What is the present number of States in the country?
(a) 17 (b) 20 (c) 22 (d) 25

25. Which was the first Indian State to be organised on the basis of language?
(a) Andhra Pradesh (b) Tamil Nadu (c) Punjab (d) Maharashtra

26. How many Union Territories are there in the country at present?
(a) Six (b) Seven (c) Eight (d) Nine

27. What is the minimum age laid down for becoming a member of the Rajya Sabha?
(a) 22 years (b) 25 years (c) 30 years (d) 35 years

28. What is the number of seats reserved for Scheduled Castes in the Lok Sabha at present?
(a) 45 (b) 58 (c) 67 (d) 79

29. Who was elected the President of India for two terms?
(a) S. Radhakrishnan (b) Rajendra Prasad (c) Zakir Husain (d) N. Sanjiva Reddy

30. What is the minimum age laid down for a person to become the Prime Minister of India?
(a) 21 years (b) 25 years (c) 30 years (d) 35 years

31. When was the Fourth General Election to Lok Sabha in the country held?
(a) 1964 (b) 1965 (c) 1966 (d) 1967

32. Unlike the Lok Sabha, the maximum number of members for the Rajya Sabha has remained unchanged since the inception of the Constitution. What is this number?

(a) 225 (b) 238 (c) 250 (d) 255

33. What is the age of retirement for the judges of the Supreme Court of India?
(a) 60 years (b) 62 years (c) 65 years (d) 68 years

34. Whose tenure as the President of India has been the longest?
(a) S Radhakrishnan (b) Rajendra Prasad (c) Varahagiri Venkata Giri (d) Giani Zail Singh

35. What is the number of High Courts in the country?
(a) Eighteen (b) Nineteen (c) Twenty (d) Twenty-two

36. What can be the maximum time gap between two sessions of Parliament?
(a) Two months (b) Four months (c) Six months (d) Eight months

37. What proportion of the total membership of Parliament constitutes its quorum?
(a) One-sixth (b) One-eighth (c) One-tenth (d) One-twelfth

38. Who appoints the Comptroller and Auditor General of India?
(a) President (b) Prime Minister (c) Parliament (d) Finance Minister

39. Who appoints the Attorney-General of India?

(a) Chief Justice of India (b) President (c) Prime Minister (d) Law Minister

40. In which Schedule of the Constitution have land reforms been included?
(a) Fifth (b) Seventh (c) Eighth (d) Ninth

41. Which Schedule contains the list of the Indian languages recognised by the Constitution?
(a) Seventh (b) Eighth (c) Ninth (d) Tenth

42. Under which Article of the Constitution did the President of India declare an Emergency in 1975?
(a) Article 352 (b) Article 360 (c) Article 368 (d) Article 372

43. Indira Gandhi was the Prime Minister of India for about fifteen years. How many Amendments were made in the Constitution during her tenure?
(a) 20 (b) 25 (c) 28 (d) 32

44. By which Amendment of the Constitution was the number of Lok Sabha seats frozen up to the end of AD 2000?
(a) 42nd Amendment (b) 44th Amendment (c) 46th Amendment (d) 49th Amendment

45. Gulzari Lal Nanda was appointed the

Acting Prime Minister of India for the second time on 11 January 1966. How long did he serve in this capacity?
(a) Forty days (b) Twenty-eight days (c) Nineteen days (d) Fourteen days

46. By which Amendment to the Constitution was the voting age reduced from 21 to 18 years?
(a) 59th (b) 60th (c) 61st (d) 62nd

47. Jawaharlal Nehru remained the Prime Minister of India for about:
(a) 18 years (b) 17 years (c) 15 years (d) 12 years

48. Who was the third Vice-President of India?
(a) Dr. Zakir Husain (b) Varahagiri Venkata Giri (c) B.D. Jatti (d) Gopal Swarup Pathak

49. What was the period during which Lal Bahadur Shastri was the Prime Minister of India?
(a) June 1964 — January 1966 (b) May 1964 — January 1966 (c) August 1965 — September 1967 (d) July 1963 — June 1966

50. Who was the first Chief Election Commissioner of India?
(a) K.V.K. Sundaram (b) Sukumar Sen (c) M. Patanjali Sastri (d) S.P. Sen Verma

51. Who was the first Chief Justice of India?
(a) Mehar Chand Mahajan (b) S.R. Das (c) B.K. Mukherjee (d) Harilal J. Kania

52. For how long was Zakir Husain the President of India?
(a) One year (b) Two years (c) Two-and-a-half years (d) Three years

53. How many subjects are there in the State List over which State Governments have exclusive authority?
(a) 70 (b) 66 (c) 60 (d) 56

54. On which date in 1975 did the President of India declare an Emergency, extending the life of the Lok Sabha to six years?
(a) 10 May (b) 28 May (c) 26 May (d) 8 July

55. Which of the following is not an essential condition for a person to qualify for election as President of India?
(a) Be a citizen of India (b) Be a graduate (c) Be not less than 35 years of age (d) Be qualified for election as a member of Lok Sabha

56. Which Chief Justice of India acted as the President of India?
(a) K.N. Wanchoo (b) K. Subba Rao (c) M. Hidayatullah (d) P.B. Gajendragadkar

57. For how many months was Charan Singh the Prime Minister of India?
(a) Five (b) Six (c) Seven (d) Eight

58. In which month of 1989 was the Eighth Lok Sabha dissolved?
(a) December (b) November (c) October (d) September

59. After a gap of how many years was the Delhi Assembly revived for which elections were held in November 1993?
(a) 38 (b) 36 (c) 33 (d) 30

60. In case the President of India wishes to resign, to whom is he to address his resignation letter?
(a) Prime Minister (b) Vice-President (c) Speaker of Lok Sabha (d) Chief Justice of India

61. In which month in 1987 did Goa become the 25th State of the Indian Union?
(a) March (b) April (c) May (d) June

10
LITERATURE

1. *Buddhacharita* is the earliest surviving Sanskrit poetic text. Who was the author?
(a) Bhasa (b) Ashvaghosha (c) Banbhatta (d) Somadeva

2. Which language was used by Vidyapati, the Vaishnava poet, for his writing?
(a) Brajbhasa (b) Hindi (c) Rajasthani (d) Maithili

3. Who wrote the epic *Meghnadbadh Kavya*?
(a) Kalidasa (b) Chand Vardai (c) Michael Madhusudan Dutt (d) Dinabandhu Mitra

4. The Ashokan edicts were written in:
(a) Magadhi (b) Brahmi (c) Sauraseni (d) Pali

5. Given below are four literary works translated into Hindi. Can you identify the one translated by Bharatendu Harischandra?
(a) *Rubaiat Omar Khayyam* (b) *Shakuntala Natak* (c) *Palase Ka Yuddha* (d) *Durlabh Bandhu*

6. Who wrote *Kumarasambhava*?
(a) Bhasa (b) Banbhatta (c) Kalidasa (d) Magha

7. Who is the author of *Kamayani*?
(a) Premchand (b) Jaishankar Prasad (c) Maithili Sharan Gupta (d) Ram Kumar Verma

8. Who among the following is a *Sant Kavi*?
(a) Kabirdas (b) Surdas (c) Jaishankar Prasad (d) Ramchandra Shukla

9. Who wrote the Hindi novel *Tamas*?

(a) Krishna Sobti (b) Jagdish Chandra (c) Balwant Singh (d) Bhisham Sahni

10. Which one of the following is the work of Tulsidas?
    (a) *Ramayana* (b) *Ramcharit Chintamani* (c) *Ramcharit Manas* (d) *Ramchandrika*

11. With which journal was Premchand associated?
    (a) *Hans* (b) *Saraswati* (c) *Vishal Bharati* (d) *Navaneet*

12. What is the full name of the great Hindi writer whose pen name is Ajneya?
    (a) Makhanlal Chaturvedi (b) Keshav Das (c) Balkrishna Bhatt (d) Sachchidanand Hiranand Vatsyayan

13. How many chapters or sections are there in the *Bhagavad Gita*?
    (a) 12 (b) 14 (c) 16 (d) 18

14. Of which of the eighteen sections or chapters of the *Mahabharata* is the *Bhagavad Gita* a part?
    (a) Fourth (b) Sixth (c) Eighth (d) Tenth

15. What was the year of publication of *Tar Saptak* edited by Ajneya?
    (a) 1920 (b) 1932 (c) 1943 (d) 1948

16. Who was the author of *The Religion of Man*?

(a) M.K. Gandhi (b) Rabindranath Tagore (c) S. Radhakrishanan (d) Aurobindo Ghose

17. Only one Hindi poetess has been the recipient of Jnanpith award so far. Who is she?
(a) Subhadra Kumari Chauhan (b) Usha Priyamvada (c) Mahadevi Verma (d) Mirabai

18. Who is the author of *Kadambari*?
(a) Tulsidas (b) Sumitranandan Pant (c) Somadeva (d) Bana Bhatta

19. Identify the original author of the *Ramayana*:
(a) Valmiki (b) Tulsidas (c) Kalidasa (d) Vyasa

20. Who is the author of *Gitanjali*?
(a) Maithili Sharan Gupta (b) Rabindranath Tagore (c) Shrikant Varma (d) Tulsidas

21. In which year was Rabindranath Tagore awarded the Nobel Prize for literature?
(a) 1911 (b) 1913 (c) 1921 (d) 1923

22. In what form of literature did Malik Muhammad Jayasi write?
(a) Novel (b) Drama (c) Short story (d) Poetry

23. Ramdhari Singh Dinkar was honoured with Jnanpith Award for one of the following books. Can you identify it?

(a) *Kurukshetra* (b) *Urvashi* (c) *Parashuram Ke Prateeksha* (d) *Hunkar*

24. *Summer in Calcutta* is a collection of poems. Identify the poet:
(a) Rabindranath Tagore (b) Kamala Das (c) Sarojini Naidu (d) Amrita Pritam

25. Which was the first novel written in Hindi?
(a) *Godaan* (b) *Jhootha Sach* (c) *Shekhar Ek Jeevani* (d) *Pareeksha Guru*

26. *My Experiments with Truth* is an autobiography of:
(a) M.K. Gandhi (b) Jawaharlal Nehru (c) Babu Rajendra Prasad (d) Rabindranath Tagore

27. Which one of the following Hindi authors is the recipient of Jnanpith Award?
(a) Hazari Prasad Dwivedi (b) Jaishankar Prasad (c) Ram Kumar Varma (d) Ramdhari Singh Dinkar

28. Who wrote the *Arctic Homes of the Vedas*?
(a) S. Radhakrishnan (b) G.K. Gokhale (c) Bal Gangadhar Tilak (d) Vinoba Bhave

29. With which Moghul emperor's reign is the name of Abul Faizl, the poet and historian, associated?
(a) Akbar (b) Babar (c) Humayun (d) Jahangir

30. Which of the following is wrongly matched?
(a) *My Son's Father* — Autobiography (b) *Hayavadana* — Drama (c) *The Policeman and the Rose* — Collection of short stories (d) *Sword & Abyss* — Novel

31. Who wrote letters under the pseudonym of Shiv Shambhu Sharma?
(a) Raja Shiv Prasad (b) Mahavir Prasad Dwivedi (c) Balmukund Gupta (d) Sumitranandan Pant

32. Who wrote the famous national song *Vande Mataram*?
(a) Bhai Vir Singh (b) Maithili Sharan Gupta (c) Bankim Chandra Chatterji (d) Rabindranath Tagore

33. Identify the aüthor of *Satta Ke Aar Par*, which won the Moortidevi Award for 1988?
(a) Sharad Joshi (b) Gurdial Singh (c) Vishnu Prabhakar (d) Dhirendra Verma

34. Who is known as the Shakespeare of India?
(a) Bhasa (b) Kalidasa (c) Upendra Nath Ashk (d) Tulsidas

35. *Hindi Sahitya Ka Vrahat Itihas* has been published by:
(a) Nagri Pracharini Sabha, Kashi (b) Central Hindi Institute, New Delhi (c) Hindi Sahitya Sammelan, Prayag (d) Kendriya Hindi Sansthan, Agra

36. In 1969 the Bharatiya Jnanpith Award for Urdu was presented to:
(a) Raghupati Sahai (Firaq Gorakhpuri)
(b) Jan Nisar Akhtar (c) Akhatroll Imam
(d) S. Abid Hussain

37. Panini is famous for his work in the field of:
(a) Poetry (b) Medicine (c) Grammar
(d) Economics

38. *Tughlaq* is considered to be one of the best contemporary Indian dramas in English. Who wrote it?
(a) Pratap Sharma (b) Girish Karnad
(c) Gurcharan Das (d) Badal Sircar

39. When was Jawaharlal Nehru's *An Autobiography* published?
(a) 1930 (b) 1932 (c) 1934 (d) 1936

40. *Coolie* is the creation of a well-known Indian writer. Who is he?
(a) Mulk Raj Anand (b) Raja Rao
(c) R.K. Narayan (d) Anita Desai

41. An attempt has been made in *Kanthapura* to Indianise English by recreating in it the rhythms and structure of a Kannada folk-tale. Who is its author?
(a) Bhabani Bhattacharya (b) Arun Joshi
(c) Raja Rao (d) Nayantara Sahgal

42. Who wrote *The Autobiography of an Unknown Indian*?
(a) A.K. Ramanujan (b) Nirad C. Chaudhuri (c) G.V. Desani (d) Nissim Ezekiel

43. The author of *All About H. Hatter* plays with language and mixes styles to create a comic fantasy. Identify him:
(a) R.K. Narayan (b) G.V. Desani (c) Chaman Nahal (d) Anita Desai

44. Who among the following Urdu writers is famous for short story writing?
(a) Faiz Ahmad Faiz (b) Saadat Hasan Manto (c) N.M. Rashid (d) Aziz Ahmad

45. Who wrote *Panchatantra*, a collection of fables in Sanskrit, which was originally intended as a manual of instruction for the sons of royalty?
(a) Vishnusarman (b) Somdeva (c) Bharavi (d) Magha

46. Who was the author of the classic Sanskrit work *Harshacharita*?
(a) Bhavabhuti (b) Banabhatta (c) Vishakhadatta (d) Harsha

47. *Jnanesvari,* which is a commentary on the Bhagavad Gita, is regarded by many as the greatest work of Marathi literature. Who was its author?
(a) Namdeva (b) Jnanadeva (c) Mahanubhavas (d) Narsimh Mehta

48. *Nildarpan* is a play written in Bengali about indigo exploitation. Who was its author?
(a) Ishwarchandra Vidyasagar (b) Dinabandhu Mitra (c) Saratchandra Chatterjee (d) Pyarichand Mitra

49. Who wrote the collection of poems entitled *The Feather of the Dawn*?
(a) Sarojini Naidu (b) Rabindranath Tagore (c) Aurobindo Ghose (d) Nissim Ezekiel

50. When was the Sahitya Akademi established by the Government for the development of Indian letters and to set high literary standards in the country?
(a) 1951 (b) 1952 (c) 1953 (d) 1954

51. *Discovery of India* was written by:
(a) R.C. Majumdar (b) Jawaharlal Nehru (c) M.K. Gandhi (d) Sarojini Naidu

52. Can you identify the Hindi poet who won both the Sahitya Akademi and Jnanpith awards in recent times?
(a) Sumitra Nandan Pant (b) Jaishankar Prasad (c) Shrikant Varma (d) S.H. Vatsyayan

53. The Government of Madhya Pradesh has instituted an award scheme for poetry which is called *National Kabir Samman*. What is the cash value of the award?

(a) Rs. 25,000 (b) Rs. 50,000 (c) Rs. 75,000 (d) Rs. 1,00,000

54. Which well-known Hindi novelist is the author of *Maila Anchal*?
(a) Phaniswar Nath Renu (b) Premchand (c) Jainendra Kumar (d) Satchitananada Hiranand Vatsyayan

55. Of the following novels in English which has been written by R.K. Narayan?
(a) *Coolie* (b) *Untouchable* (c) *Bachelor of Arts* (d) *Kanthapura*

56. The Gujarati novel *Saraswatichandra* is considered to be one of the great classics of modern India. Who was its author?
(a) Umasankar Joshi (b) Govardhanram Tripathi (c) Dalapatram (d) Nandsankar

57. Which one of the following books is not written by Bhabani Bhattacharya?
(a) *He Who Rides a Tiger* (b) *The Sickle and the Sword* (c) *A Dream in Hawaii* (d) *Shadow from Ladakh*

58. Identify Mulk Raj Anand's first published novel:
(a) *Across the Black Waters* (b) *Private Life of an Indian Prince* (c) *Untouchable* (d) *The Village*

59. Who is the author of *Storm in Chandigarh*?

(a) Anita Desai (b) Raja Rao (c) Mulk Raj Anand (d) Nayantara Sahgal

60. Which of the following is not correctly matched?
(a) Premchand — *Gaban* (b) Khushwant Singh — *Train to Pakistan* (c) Harivanshrai Bachchan — *Madhushala* (d) Jaishankar Prasad — *Priya Pravas*

61. The TV serial *Malgudi Days* was based on the novel written by:
(a) Manohar Malgonkar (b) R.K. Narayan (c) Mulk Raj Anand (d) Kamala Markandeya

62. Identify the author of *My Son's Father*?
(a) G.V. Desani (b) R.C. Dutt (c) Dom Moraes (d) A.K. Ramanujan

63. *The Siege of Krishnapur* is a novel about the Indian revolt of 1857. Who wrote it?
(a) J.G. Farrell (b) Raja Rao (c) R.K. Narayan (d) Mulk Raj Anand

64. Which of the following is not the creation of Khushwant Singh?
(a) *A History of Sikhs* (b) *Train to Pakistan* (c) *Many Moods Many Faces* (d) *A Passage to England*

65. Identify Anita Desai's novel from among the following:
(a) *Clear Light of Day* (b) *A Bend in the River* (c) *The Guide* (d) *Heat and Dust*

11
SCIENCE AND TECHNOLOGY

1. The Government of India's Science Policy is based on the Scientific Policy Resolution adopted by Parliament. When was this adopted?
   (a) 1948 (b) 1952 (c) 1958 (d) 1961

2. In which State was the expenditure incurred on science and technology highest during the Seventh Plan?
   (a) Uttar Pradesh (b) Kerala (c) Tamil Nadu (d) Madhya Pradesh

3. The expenditure on scientific research and development has increased rapidly since the First Plan when it amounted to only Rs. 20 crore. What was the level of expenditure under the Fifth Plan?
   (a) Rs. 585 crore (b) Rs. 900 crore (c) Rs. 1,152 crore (d) Rs. 1,381 crore

4. When was the Department of Science and Technology set up?
   (a) 1971 (b) 1969 (c) 1966 (d) 1961

5. The Survey of India is the nation's principal mapping agency and bears special responsibility to assure that the country's domain is explored and mapped adequately. Where is it located?
   (a) Dehra Dun (b) Calcutta (c) New Delhi (d) Chandigarh

6. An Integrated Long Term Programme of Cooperation in Science and Technology was signed on 3 July 1987 between India and which other country?
(a) Japan (b) Soviet Union (c) Venezuela (d) The Philippines

7. The Atomic Energy Commission is responsible for formulating the policy for the atomic energy activities in the country. When was it set up?
(a) 1960 (b) 1956 (c) 1951 (d) 1948

8. Rigorous systemization of the Indian astronomy began with Aryabhata. His work *Aryabhatiya* is a concise text of verses pertaining to various aspects of the subject. How many verses are there in this work?
(a) 101 (b) 111 (c) 121 (d) 151

9. Who founded the Tata Institute of Fundamental Research?
(a) S. S. Bhatnagar (b) H. J. Bhabha (c) M. N. Saha (d) V. Sarabhai

10. The Bhabha Atomic Research Centre is the largest single scientific establishment in the country. Where is it located?
(a) Kalpakkam (b) Trombay (c) Calcutta (d) Hyderabad

11. What was the earlier name of the Indira Gandhi Centre for Atomic Research?

(a) Reactor Research Centre (b) Radiation Medicine Centre (c) Centre for Advanced Technology (d) Variable Energy Cyclotron Centre

12. The Indian Space Research Organisation was set up in:
(a) 1966 (b) 1969 (c) 1971 (d) 1975

13. Where is the Saha Institute of Nuclear Physics?
(a) Bombay (b) Calcutta (c) Madras (d) New Delhi

14. Identify the place where the Tata Institute of Fundamental Research has been set up.
(a) Bombay (b) Calcutta (c) Ahmedabad (d) New Delhi

15. How much nuclear power generating capacity is aimed to be established by AD 2000 under the nuclear power programme of the Department of Atomic Energy?
(a) 8,000 MW (b) 10,000 MW (c) 11,000 MW (d) 12,000 MW

16. How many public sector undertakings are working under the administrative control of the Department of Atomic Energy?
(a) Two (b) Three (c) Four (d) Five

17. Who laid the foundation of space science in the country?

(a) Vikram Sarabhai (b) M.G.K. Menon (c) H.J. Bhabha (d) Yash Pal

18. Where is the oldest engineering college in the country located?
(a) Bangalore (b) Roorkee (c) Varanasi (d) Bombay

19. Which one of the following scientific institutes in the country was established first?
(a) Council of Scientific and Industrial Research (b) Indian Space Research Organisation (c) National Physical Laboratory (d) Department of Atomic Energy

20. In which year did C.V. Raman discover what came to be known as the Raman Effect?
(a) 1925 (b) 1928 (c) 1932 (d) 1935

21. Who was the first Indian to be awarded the Kalinga prize for popularising science?
(a) S. Jha (b) Jagjit Singh (c) D.S. Kothari (d) P.C. Ray

22. In which year was the INSAT-1B satellite successfully launched?
(a) 1981 (b) 1982 (c) 1983 (d) 1984

23. Which Indian found a solution to Waring's problem which is a 200-year-old problem in Number Theory?

(a) R. Balasubramaniam (b) S. Raghavan (c) P.L. Bhatnagar (d) S. Ramanujan

24. Where are the headquarters of the National Natural Resources Management System?
(a) Madras (b) Bangalore (c) Dehra Dun (d) Srinagar

25. When was the Indian Statistical Institute established?
(a) 1931 (b) 1939 (c) 1948 (d) 1951

26. The Department of Space supported National Remote Sensing Agency is using techniques for the survey and management of natural resources of the country. Where is this Agency located?
(a) Hyderabad (b) Bangalore (c) Dehra Dun (d) Pune

27. There are five Indian Institutes of Technology. Four of them are at New Delhi, Madras, Bombay and Kanpur. Where is the fifth?
(a) Kharagpur (b) Pilani (c) Bangalore (d) Calcutta

28. The Physical Research Laboratory is the premier national centre for research in space and allied sciences. Where is it located?
(a) Ahmedabad (b) Udaipur (c) Dehra Dun (d) Bangalore

29. Three scientists of Indian origin have been Nobel Prize winners. C.V. Raman and Har Gobind Khorana are two of them. Who is the third?
(a) H.J. Bhabha (b) S. Chandrasekhar (c) S.N. Bose (d) Birbal Sahni

30. From which country did India acquire *Sagar Kanya*, one of the largest and most modern oceanographic research vessels?
(a) West Germany (b) Japan (c) U.S.S.R. (d) U.S.A.

31. Which was the first satellite sent by the Indian Space Research Organisation?
(a) Rohini (b) Bhaskara (c) Aryabhata (d) Trishul

32. The space technology cell at IIT Bombay is primarily concerned with:
(a) Space communication techniques (b) Development of advanced chemicals (c) Research in remote sensing (d) R&D in the areas of launch vehicle technology.

33. The Vikram Sarabhai Space Centre is located at:
(a) Trivandrum (b) Mahendragiri (c) Bangalore (d) Bombay

34. *Rasaratnakara* is a major treatise on alchemy. Who wrote it?
(a) Nagarjuna (b) Atreya (c) Bharadwaj (d) None of these

35. When was India's experimental geo-stationary communications satellite, APPLE, successfully launched?
(a) August 1979 (b) July 1980 (c) June 1981 (d) April 1983

36. National Science Day is celebrated in India in honour of the eminent Indian scientist:
(a) J.C. Bose (b) C.V. Raman (c) S. Ramanujan (d) H.J. Bhabha

37. Who laid the foundation of research in statistics in India?
(a) P.C. Mahalanobis (b) S. Ramanujan (c) C.N.R. Rao (d) P.L. Bhatnagar

38. Aryabhata, the first indigenously built spacecraft, was successfully launched in 1975. Which satellite followed it next?
(a) Rohini (b) Bhaskara I (c) Apple (d) Bhaskara II

39. Identify the location of the National Environmental Engineering Research Institute:
(a) Bombay (b) Madras (c) Nagpur (d) Bangalore

40. In which year was C.V. Raman awarded the Nobel Prize for physics?
(a) 1929 (b) 1930 (c) 1932 (d) 1933

41. Who built a chain of scientific laboratories

in the country?
(a) S.S. Bhatnagar (b) Vikram Sarabhai
(c) H.J. Bhabha (d) C.V. Raman

42. When was 'Vigyan Prasar' established, as an autonomous body, for promoting science and technology through all possible media and means?
(a) 1989 (b) 1987 (c) 1985 (d) 1983

43. In which year was the Sir Shanti Swarup Bhatnagar Award instituted by the Council of Scientific and Industrial Research?
(a) 1955 (b) 1957 (c) 1959 (d) 1961

44. Which scientist was selected for the first G.M. Modi Award?
(a) Tarlok Nath Shorey (b) Satish Dhawan
(c) Debashish Mukherjee (d) D.S. Kothari

45. Green Revolution in India is particularly linked with the efforts of:
(a) N.S. Randhawa (b) R.S. Paroda
(c) M.S. Swaminathan (d) D.S. Athwal

46. In which field was the Nobel Prize awarded to H.G. Khorana in 1968?
(a) Physics (b) Physiology and medicine
(c) Chemistry (d) Pharmacology

47. Who laid the foundation of nuclear science in the country?
(a) H.J. Bhabha (b) V. Sarabhai
(c) S.N. Bose (d) Raja Ramanna

48. Identify the year of establishment of the Institute of Criminology and Forensic Science:
(a) 1968 (b) 1970 (c) 1972 (d) 1974

49. In which year did India become a member of the Scientific Committee on Antarctic Research?
(a) September 1982 (b) July 1983 (c) October 1984 (d) May 1985

50. Where is the centre for Earth Science Studies located?
(a) Madras (b) Bombay (c) Bhavnagar (d) Trivandrum

51. The Indian Navy became the sixth nuclear marine power in the world when its nuclear-powered submarine *INS Chakra* was commissioned in 1988. Which country leased it to India?
(a) U.S.A. (b) U.S.S.R. (c) France (d) U.K.

52. The major cancer institute in the country is located at:
(a) Bombay (b) Madras (c) Pondicherry (d) New Delhi

53. Of the following space centres, which one is the largest?
(a) SHAR Centre, Sriharikota Island
(b) Space Applications Centre, Ahmedabad

(c) Vikram Sarabhai Space Centre, Trivandrum (d) ISRO Satellite Centre, Bangalore

54. What is India's rank in the world in respect of mastering of the fast breeding technology?
(a) Fourth (b) Fifth (c) Sixth (d) Seventh

55. When was the National Science and Technology Entrepreneurship Development Board, which aims to provide opportunities of gainful self-employment for science and technology persons, established?
(a) 1980 (b) 1982 (c) 1984 (d) 1986

56. Where has the Indo-French Centre for Promotion of Advanced Research been set up?
(a) New Delhi (b) Bombay (c) Pune (d) Calcutta

57. When was the Department of Biotechnology set up?
(a) 1983 (b) 1984 (c) 1985 (d) 1986

58. The National Institute of Hydrology, Roorkee, conducts scientific research activities in basic hydrology. When was it set up?
(a) 1974 (b) 1976 (c) 1978 (d) 1980

59. Who laid the foundation of chemical industry in the country?
(a) T.R. Seshadri (b) S.S. Bhatnagar (c) P.C. Ray (d) B.D. Kulkarni

60. Where is the Indian Institute of Astrophysics?
(a) Bangalore (b) Hyderabad (c) Pune (d) Bombay

61. Where are the headquarters of the Atomic Minerals Division which is one of the first units started by the Atomic Energy Commission?
(a) Kota (b) Hyderabad (c) Surat (d) Narora

62. The National Atlas and Thematic Mapping Organisation is engaged in compilation of maps depicting the physical and other conditions of India. Where is it located?
(a) Calcutta (b) Bhopal (c) Bangalore (d) Dehra Dun

63. The first modern Indian astronomer is:
(a) M.N. Saha (b) T.P. Bhaskaran (c) C. Raghunathachary (d) Govind Swarup

64. When was the first Indian Remote Sensing, IRS-1A, launched into space from the Soviet cosmodrome at Baikonour?
(a) 1989 (b) 1988 (c) 1987 (d) 1986

65. Which of the following is located at Pune?
(a) Indian Vaccine Corporation Ltd
(b) Tata Energy Research Institute
(c) Central Forensic Science Laboratory
(d) National Chemical Laboratory

12
ARTS AND ENTERTAINMENT

1. In which year was the first feature film, *Raja Harishchandra,* produced by D.G. Phalke (popularly known as Dadasaheb Phalke) released in the country?
(a) 1911 (b) 1913 (c) 1915 (d) 1916

2. The first talkie film in India was produced in the year 1931. What was the title of the film?
(a) *Shakuntala* (b) *Lal-e-Yammen* (c) *Alam Ara* (d) *Indra Sabha*

3. In which feature film did Mukesh, the noted playback singer, play a lead role?
(a) *Deewar* (b) *Dil Ki Rani* (c) *Jail Yatra* (d) *Mashuqa*

4. At the age of 22, Raj Kapoor made his first significant appearance in a lead role in one of Kedar Sharma's films. Name the film:
(a) *Chitra Vijay* (b) *Neel Kamal* (c) *Aag* (d) *Adhuri Kahani*

5. Identify the film with which Raj Kapoor made his debut as a film director and producer:
(a) *Awara* (b) *Barsaat* (c) *Shree 420* (d) *Aag*

6. *India '67* is a 60-minute documentary without any commentary. Who made it?
(a) Shyam Benegal (b) Girish Karnad (c) Sukh Dev (d) Pratap Sharma

7. Which one of the following was Rajesh Khanna's first film?
(a) *Raaz* (b) *Andaaz* (c) *Anand* (d) *Safar*

8. Which of the following is not correctly matched?
(a) Bimal Roy — *Do Bigha Zamin* (b) Mani Kaul — *Dastak* (c) Manoj Kumar — *Upkaar* (d) Shyam Benegal — *Manthan*

9. The Children's Film Society produces feature films and short films for children. When was it formed?
(a) 1953 (b) 1955 (c) 1961 (d) 1966

10. The Central Board of Film Certification, under the Ministry of Information and Broadcasting, functions as a regulatory body. It has its Head Office at:
(a) Calcutta (b) Bombay (c) Madras (d) Bangalore

11. At which studio was the TV serial *Mahabharat* shot?

(a) Film City (b) Seth Studio (c) Filmistan (d) R.K. Studio

12. Identify Dev Anand's film from among the following:
(a) *Johny Mera Naam* (b) *Guide* (c) *Ek Phool Do Mali* (d) *Do Raaste*

13. The National Film Archive of India was set up in 1964. It has a collection of more than 6,500 films from all over the world. Where are its headquarters?
(a) Pune (b) Calcutta (c) Bangalore (d) Trivandrum

14. *Mughal-e-Azam,* which set a new record at the box office, was made by:
(a) B.R. Chopra (b) K. Asif (c) Guru Dutt (d) K.A. Abbas

15. Who made the film *Garam Hawa*?
(a) Shyam Benegal (b) M.S. Sathyu (c) Mani Kaul (d) Basu Chatterji

16. Which of the following films was made by Mani Kaul?
(a) *Dastak* (b) *Ankur* (c) *Sara Akash* (d) *Ashad Ka Ek Din*

17. With which film did Satyajit Ray begin his career as a film director?
(a) *Pather Panchali* (b) *Charulata* (c) *Devi* (d) *Jana Aranya*

18. Who was the director of the Film *Salaam Bombay*?
(a) Mira Nair (b) Ramanand Sagar (c) Bhisham Sahani (d) G.P. Sippy

19. With which film did Hemant Kumar make his debut as a singer?
(a) *Nagin* (b) *Anand Math* (c) *Shart* (d) *Jaal*

20. In which year were the National Awards for Films instituted to encourage production of films of good quality?
(a) 1960 (b) 1962 (c) 1964 (d) 1966

21. Who made the film *Dard Ka Rishta*?
(a) Sunil Dutt (b) Mrinal Sen (c) Tapan Sinha (d) Rajender Singh Bedi

22. As music director, which was R.D. Burman's first release?
(a) *Chote Nawab* (b) *Heera Panna* (c) *Amar Prem* (d) *Seeta aur Geeta*

23. Which of the following bagged the Golden Couch and a Rs. 2.5 lakh cash award for the best short documentary at the first Bombay International Film Festival for documentary and short films held in 1990?
(a) *In Memory of Friends* (b) *Tomorrow is Too Late* (c) *Baliapal* (d) *Bombay Our City*

24. In which year was television introduced in the country?
(a) 1958 (b) 1959 (c) 1960 (d) 1961

25. The country's highest TV tower, which is about three times taller than the historic Qutub Minar, was commissioned in 1988. Where is it located?
(a) Bombay (b) New Delhi (c) Calcutta (d) Madras

26. In which year was Colour TV transmission started by Doordarshan?
(a) 1982 (b) 1983 (c) 1984 (d) 1980

27. Who made the TV Serial *Bharat Ek Khoj*?
(a) Vivek Vaswani (b) Kabir Bedi (c) Shyam Benegal (d) B.R. Chopra

28. When was the commercial service of Doordarshan started?
(a) 1978 (b) 1977 (c) 1976 (d) 1975

29. The TV serial, *Buniyaad,* which came to an end in 1987, had as many as 104 episodes. Who produced it?
(a) Ramesh Sippy (b) Ramanand Sagar (c) B.R. Chopra (d) Sudhanshu Mishra

30. Since when has All India Radio (AIR) been known as Akashvani?
(a) 1957 (b) 1955 (c) 1953 (d) 1951

31. In how many languages does the External Services Division of All India Radio broadcast its programmes?
(a) Nineteen (b) Twenty-one (c) Twenty-three (d) Twenty-five

32. From which year was commercial broadcasting on the radio introduced in the country?
(a) 1965 (b) 1967 (c) 1969 (d) 1971

33. From how many centres is the popular entertainment programme, *Vividh Bharti,* broadcast?
(a) Twenty-eight (b) Thirty (c) Thirty-two (d) Thirty-four

34. The highly touching national song, *Ay Mere Vatan Ke Logon,* was sung by the melody queen, Lata Mangeshkar. Who composed this song?
(a) Jai Dev (b) Madan Mohan (c) C. Ramchandra (d) Anil Biswas

35. Ustad Amjad Ali Khan developed a *raga* as a tribute to a national leader. What name has been given to this raga?
(a) Kameshwari (b) Ahiri Lalit (c) Bairagi (d) Priyadarshini

36. Who composed Raga Kameshwari?
(a) Tansen (b) Ustad Amjad Ali Khan (c) Pandit Ravi Shankar (d) Ustad Vilayat Khan

37. With which musical instrument is the name of the great maestro, Ustad Vilayat Khan, specially linked?
(a) Sarangi (b) Sitar (c) Veena (d) Sarod

38. Ahmedjan Thirakwa earned a great name for playing on which musical instrument?
(a) Tabla (b) Dholak (c) Mridang (d) Naal

39. Carnatic music is governed by the Melakarta system. How many *ragas* does the Melakarta system embrace?
(a) 60 (b) 66 (c) 72 (d) 75

40. Hirabai Barodekar, the noted singer and the recipient of almost every prestigious award in classical music, died on 20 November 1989. She was the exponent of which *Gharana* or school of classical music?
(a) Gwalior *Gharana* (b) Kirana *Gharana* (c) Agra *Gharana* (d) Jaipur *Gharana*

41. Who composed the song *Jana-gana-mana,* which came to be adopted by the Constituent Assembly as the National Anthem of India on 24 January 1950?
(a) Bankim Chandra Chatterji (b) Sri Aurobindo (c) Rabindranath Tagore (d) Sarat Chandra Chatterjee

42. In which year was the song *Vande Mataram,* which has an equal status with *Jana-gana-mana,* sung for the first time in the session of the Indian National Congress?
(a) 1895 (b) 1896 (c) 1897 (d) 1898

43. For which one of the following films did

Khayaam compose the music?
(a) *Nikaah* (b) *Umrao Jaan* (c) *Utsav* (d) *Silsila*

44. Who among the following eminent Hindustani vocalists belongs to the Patiala *Gharana*?
(a) Pandit Jasraj (b) Ustad Sharafat Hussain Khan (c) Pandit Mallikarjun Mansur (d) Bade Ghulam Ali Khan

45. Which is considered to be the oldest *Gharana* of Hindustani music?
(a) Gwalior (b) Agra (c) Jaipur (d) Lucknow

46. R.D. Burman, one of the giants of Indian film music, bagged two Filmfare Awards. One was for his film *Sanam Teri Kasam*. Identify his other award-winning film:
(a) *Ijaazat* (b) *Masoom* (c) *Teesri Manzil* (d) *Aandhi*

47. Where do we get an example of Chola architecture?
(a) Tanjore (b) Tirupati (c) Ellora (d) Mahabalipuram

48. During whose reign did the Gandhara School of Art develop?
(a) Harsha (b) Ashok (c) Kanishka (d) Chandragupta

49. In which year did the Government establish the Lalit Kala Akademi to promote understanding of Indian art?
(a) 1951 (b) 1952 (c) 1953 (d) 1954

50. The song *Unko Yeh Shikaayat Hai* is from the film *Adaalat*. Who composed the music?
(a) Shankar Jaikishan (b) Madan Mohan (c) Laxmikant Pyarelal (d) R.D. Burman

51. For which film was the song *Aa jaa re pardesi* sung by the melody queen Lata Mangeshkar?
(a) *Madhumati* (b) *Aakhri Khat* (c) *Mahal* (d) *Barsaat*

52. Shaffat Ahmed Khan is regarded as one of the brightest stars of the Delhi *Gharana* today. Which instrument does he play?
(a) Sitar (b) Tabla (c) Violin (d) Sarangi

53. Who is said to have created *Raga Miyan Ki Malhar*?
(a) Tansen (b) Baiju Bawra (c) Amir Khusro (d) Swami Haridas

54. Which is the oldest form of composition of the Hindustani vocal music?
(a) Dhrupad (b) Ghazal (c) Thumri (d) Khayal

55. Carnatic music of today is derived essentially from three outstanding

composers, known collectively as the Trinity. Thyagaraja and Svami Shastri are the two of them. Who is the third?
(a) Dikshitar (b) Balasvami (c) Subbaraya Shastri (d) Muthu Thandavar

56. Which of the following is not a pop singer?
(a) Gurdas Mann (b) Anuradha Paudwal (c) Usha Uthup (d) Sharang Dev

57. Identify the singer who has the distinction of finding a place in the *Guinness Book of Records* as the world's most recorded artist:
(a) Asha Bhonsle (b) Lata Mangeshkar (c) Muhammed Rafi (d) Hemant Kumar

58. When was the National School of Drama, a premier theatre institution, established?
(a) 1953 (b) 1955 (c) 1957 (d) 1959

59. What name is given to the popular folk singing of Uttar Pradesh?
(a) *Baul* (b) *Kajri* (c) *Tappa* (d) *Maang*

60. Ustad Hafiz Ali Khan Memorial Society is devoted to the propagation of Indian classical music. When was it established?
(a) 1977 (b) 1979 (c) 1983 (d) 1985

61. Where is Rabindra Rangashala, said to be one of the world's largest open air theatres, located?
(a) Calcutta (b) Delhi (c) Hyderabad (d) Bombay

62. Of which State is *Nautanki* a famous form of folk theatre?
(a) Uttar Pradesh (b) Madhya Pradesh (c) Bihar (d) Haryana

63. Uday Shankar is a renowned:
(a) Dancer (b) Painter (c) Singer (d) Film-maker

64. With which of the following is the name of Amrita Sher-Gill particularly associated?
(a) Painting (b) Music (c) Dance (d) Film-making

65. With which State is Santoor, a stringed instrument, particularly associated?
(a) Madhya Pradesh (b) Kashmir (c) Maharashtra (d) Uttar Pradesh

66. Which of the following is wrongly matched?
(a) Maharaj Krishna Kumar — Kathak dance (b) Zakir Hussain — Tabla (c) Ravi Shankar — Sitar (d) Sonal Man Singh — Film direction

67. Identify the folk dance of Rajasthan:
(a) *Lavni* (b) *Nautanki* (c) *Tamasha* (d) *Bhavai*

68. Which is Maharashtra's famous folk form of musical theatre?
(a) *Lavni* (b) *Nautanki* (c) *Tamasha* (d) *Bhavai*

69. The Sangeet Natak Akademi fosters the development of dance, drama and music in the country. When was this Akademi set up?
(a) 1959 (b) 1955 (c) 1953 (d) 1951

70. The *Pandvani* is a legendary narrative set to music in the State of:
(a) Maharashtra (b) Himachal Pradesh (c) Uttar Pradesh (d) Madhya Pradesh

71. The folk theatre of Bihar is known as
(a) *Manch* (b) *Rammat* (c) *Bidesia* (d) *Lavni*

72. What name is given to the designs drawn by he women of Tamil Nadu on their floors and thresholds, using pastes and powders?
(a) *Madna* (b) *Alpana* (c) *Kolam* (d) *Rangoli*

73. Which form of classical Indian dance has its roots in Tamil Nadu?
(a) *Kathak* (b) *Bharat Natyam* (c) *Kuchipudi* (d) *Kathakali*

74. *Kathakali* is the dance-drama of which State in particular?
(a) Kerala (b) Tamil Nadu (c) Andhra Pradesh (d) Orissa

75. In one dance form the themes are culled from the epics, the *Ramayana* and the

Mahabharata. What is it called?
(a) *Manipuri* (b) *Odissi* (c) *Kuchipudi* (d) *Bharat Natyam*

76. What name is given to the traditional painting of Bihar?
(a) *Madhubani* (b) *Pichwai* (c) *Rangoli* (d) *Paithan*

77. In which field has M.F. Husain distinguished himself?
(a) Music (b) Painting (c) Literature (d) Drama

78. What forms the main theme of the Ajanta paintings?
(a) *Jataka* stories (b) Stories from the *Mahabharata* (c) Stories from the *Ramayana* (d) *Panchtantra* stories

79. Who is the first Indian to get an Oscar award?
(a) Satyajit Ray (b) Bhanu Athaiya (c) Dilip Kumar (d) Shabana Azmi

80. The Indira Gandhi National Centre for the Arts was registered as an autonomous Trust in March:
(a) 1989 (b) 1987 (c) 1986 (d) 1985

13
SPORTS

1. The Netaji Subhas National Institute of Sports is located at:
(a) Delhi (b) Patiala (c) Calcutta (d) Chandigarh

2. Where is the Lakshmibai National College of Physical Education located?
(a) Gwalior (b) Jhansi (c) Delhi (d) Bhopal

3. The Sports Authority of India organises activities for creating sports consciousness among the people in the country. When was it registered as a society?
(a) 1982 (b) 1983 (c) 1984 (d) 1985

4. Arjuna Awards are given to talented sportsmen and women who have distinguished themselves in different sports disciplines. When was this scheme instituted?
(a) 1982 (b) 1976 (c) 1970 (d) 1961

5. The scheme of Dronacharya Awards has been instituted by the Government with specific objective of raising the prestige of coaches in different recognised disciplines of sports. In which year was this award given to Guru Hanuman?
(a) 1988 (b) 1987 (c) 1986 (d) 1985

6. The Netaji Subhas National Institute of Sports has two regional centres. One is at Calcutta. Where is the second?
(a) Bangalore (b) Hyderabad (c) Madras (d) Chandigarh

7. The National Sports Championship for women was first organised in the year:
(a) 1974 (b) 1975 (c) 1976 (d) 1977

8. In which year was the Scheme of Sports Talent Search Scholarship introduced by the Government to provide facilities to talented young boys and girls at the School level?
(a) 1968-69 (b) 1969-70 (c) 1970-71 (d) 1971-72

9. In which year was India accorded recognition in Test Cricket?
(a) 1930 (b) 1932 (c) 1934 (d) 1936

10. When did India record her first Test victory over England?
(a) 1948-49 (b) 1949-50 (c) 1950-51 (d) 1951-52

11. Identify the first Indian to score a century in Test cricket:
(a) C.K. Naidu (b) Lala Amarnath (c) Mushtaq Ali (d) Vijay Merchant

12. Who was the first Indian Test cricketer

to score a century in each innings in a Test match?
(a) Vijay Hazare (b) Vinoo Mankad (c) Lala Amarnath (d) V. Merchant

13. Which Indian cricketer won the Man of the Match award both in the semi-final and the final in the 1983 World Cup tournament?
(a) Mohinder Amarnath (b) Kapil Dev (c) Dilip Vengsarkar (d) K. Srikkanth

14. Where in India did Sunil Gavaskar thunder past Don Bradman's 35-year-old record of 29 Test centuries by scoring an unbeaten 236 in early 1984?
(a) Calcutta (b) Madras (c) Bombay (d) Bangalore

15. Playing against West Indies in the Hero Cup Final on 27 November 1993 at Calcutta's Eden Garden's, Anil Kumble took six wickets, the highest by an Indian in limited overs cricket. At the cost of how many runs?
(a) 10 (b) 12 (c) 15 (d) 18

16. Which Indian cricketer took 16 wickets in a Test on his debut?
(a) B.S. Bedi (b) N. Hirwani (c) V.B. Chandrasekhar (d) Ravi Shastri

17. Identify the youngest player to lead India

in Test cricket:
(a) Mansur Ali Khan Pataudi (b) Kapil Dev (c) M. Azharuddin (d) Poly Umrigar

18. Where and when did Kapil Dev make his 100th Test appearance?
(a) Karachi, 1989 (b) Lahore, 1989 (c) Faisalabad, 1989 (d) Sialkot, 1989

19. There are eleven cricketers in the world who have played 100 Tests or more. How many of them are Indians?
(a) One (b) Two (c) Three (d) Four

20. When was the National Cricket Championship for the Ranji Trophy started?
(a) 1933 (b) 1934 (c) 1935 (d) 1936

21. How many centuries has Gavaskar scored against the West Indies?
(a) Ten (b) Nine (c) Eight (d) Seven

22. Which Indian bowler took four wickets in Sharjah matches thrice in the year 1988?
(a) Kapil Dev (b) Ravi Shastri (c) N. Hirwani (d) Chetan Sharma

23. Which Indian cricketer equalled the world record of five catches in an innings in the First Test against Pakistan played at Karachi in November 1989?
(a) Azharuddin (b) K. Srikkanth (c) Navjot Singh Sidhu (d) Kapil Dev

24. Who is the youngest Indian cricketer to make his Test debut?
(a) Ravi Shastri (b) Sachin Tendulkar (c) Kapil Dev (d) Sanjay Manjrekar

25. Three Indians have hit centuries at Sharjah. K. Srikkanth and M. Amarnath are the two of them. Who is the third?
(a) N.S. Sidhu (b) S. Gavaskar (c) D. Vengsarkar (d) Kapil Dev

26. At which place is the Beighton Cup Hockey Tournament held?
(a) Calcutta (b) Bhopal (c) Bombay (d) Lucknow

27. India won the Third World Cup in hockey in 1975. Which country did it defeat in the final?
(a) West Germany (b) Australia (c) Holland (d) Pakistan

28. In which year did India win its first gold in hockey in the Olympic Games?
(a) 1924 (b) 1928 (c) 1932 (d) 1936

29. India won the gold medal in hockey in the Asian Games in 1966 by a solitary goal. Who scored this winning goal?
(a) Harbinder Singh (b) Prithipal Singh (c) Balbir Singh (d) Inam-ur-Rahman

30. Under the National Physical Fitness

Scheme, the national-level 'Bhartiyam' display, consisting of 50,000 children was staged in 1989 at Nehru Stadium, New Delhi. What was the date of display?
(a) 15 August (b) 14 November (b) 26 January (d) 2 October

31. Outside the U.K. the oldest golf club in the world is in India. Where is it?
(a) Delhi (b) Calcutta (c) Bombay (d) Jaipur

32. Which Asiad was held in New Delhi in 1982?
(a) Sixth (b) Seventh (c) Eighth (d) Ninth

33. When was the Sports Project Development Areas (SPDA) scheme introduced to provide facilities for sports infrastructure and for training, coaching and conducting competition in each project?
(a) 1990-91 (b) 1988-89 (c) 1985-86 (d) 1980-81

34. India bagged its first ever rowing gold at the Third Asian Rowing Championship in November 1989. Where was this championship held in the country?
(a) Chandigarh (b) Bangalore (c) Jaipur (d) Bombay

35. Where is the JRD Tata Sports Complex situated?

(a) Bombay (b) Jamshedpur (c) Calcutta (d) Bokaro

36. Who among the following is a noted player of snooker?
(a) Yasim Merchant (b) Sonic Multani (c) Both (a) and (b) (d) V. Anand

37. Who was the first Indian woman to scale Mount Everest?
(a) Bachendri Pal (b) Anita Sood (c) Arti Gupta (d) Anita Malik

38. The first Indian woman to cross the English Channel was:
(a) Arti Pradhan (b) Arati Saha (c) Anita Sood (d) Anita Malik

39. Who has often been described as the 'Flying Sikh'?
(a) Milkha Singh (b) Balbir Singh (c) Jarnel Singh (d) Trilok Singh

40. The first Indian woman to reach the final of an Olympic event is:
(a) P.T. Usha (b) M.D. Valsamma (c) Geeta Zutshi (d) Anita Sen

41. Which Indian became the youngest world amateur billiards champion in 1985?
(a) Geet Sethi (b) Michael Ferreira (c) John Roberts (d) Manoj Kothari

42. In which year was the All India Amateur

Athletics Federation formed?
(a) 1948 (b) 1947 (c) 1946 (d) 1945

43. Santosh Trophy is associated with:
(a) Hockey (b) Golf (c) Football (d) Cricket

44. The Dr. B.C. Roy Trophy is associated with:
(a) Table Tennis (b) Football (c) Cycling (d) Cricket

45. For how many years did Syed Modi remain national champion of India in badminton before he was killed by an unidentified gunman in 1988?
(a) Six (b) Seven (c) Eight (d) Nine

46. There is only one Indian who has won the World Amateur Snooker crown. Identify him:
(a) Geet Sethi (b) Yasin Merchant (c) O.B. Agarwal (d) Wilson Jones

47. Who is the first Indian to win the Asian Snooker Championship?
(a) Geet Sethi (b) S. Jagtiani (c) Wilson Jones (d) Yasin Merchant

48. With which of the following games was late Karni Singh associated?
(a) Polo (b) Horse Race (c) Archery (d) Shooting

49. Richard Hadlee created cricket history by

becoming the first bowler in the world to take 400 wickets in Tests when he dismissed an Indian batsman on 2 February 1990. Who was he?
(a) Sanjay Manjrekar (b) Mohd. Azharuddin (c) Gursharan Singh (d) Sachin Tendulkar

50. Which position did India secure in the 12-nation World Cup Hockey Championship played at Lahore in February 1990?
(a) Seventh (b) Eighth (c) Ninth (d) Tenth

51. Identify the Indian cricketer who came within 12 runs of becoming the youngest Test century-maker in the world at the age of 16:
(a) Sachin Tendulkar (b) Ravi Shastri (c) Sanjay Manjrekar (d) Surender Amarnath

52. When was a countrywide programme of Rural Sports Tournament launched by the Central Government to spot and nurture sports talents?
(a) 1955-56 (b) 1960-61 (c) 1965-66 (d) 1970-71

53. Vishwanathan Anand has, in recent years, earned international fame in:
(a) Chess (b) Billiards (c) Golf (d) Snooker

54. When did the Government constitute the National Welfare Fund for sports persons who are no longer active in sports and are in indigent conditions?
(a) 1982 (b) 1980 (c) 1978 (d) 1975

55. In which Olympic Dhyan Chand, the hockey wizard, had the honour to lead the Indian hockey team which won the gold, defeating Germany in the Final by 8-1?
(a) Los Angeles, 1932 (b) Amsterdam, 1928 (c) Helsinki, 1940 (d) Berlin, 1936

56. How many times did Ashok Kumar represent the Indian hockey team in the World Cup?
(a) Two (b) Three (c) Four (d) Five

57. Three Indian weight-lifters won three gold medals each in the 14th Commonwealth Games at Auckland. Chandra Shekhar and M. Rangaswamy were the two of them. Who was the third?
(a) Parvesh Chandra (b) Govind Velu (c) Paramjit Sharma (d) K. Kumar Sen

58. Which State Government has instituted the Lakshman Award to honour eminent sports persons of the State?
(a) Uttar Pradesh (b) Madhya Pradesh (c) Maharashtra (d) Rajasthan

59. Which country was the Indian cricket team

touring when Mrs. Indira Gandhi was assassinated?
(a) Australia (b) Sri Lanka (c) England (d) Pakistan

60. The Seventh Plan expenditure on Sports and Youth Affairs was around Rs 485 crore. What outlay has been approved for it in the Eighth Plan?
(a) Rs 750 crore (b) Rs 890 crore (c) Rs 980 crore (d) Rs 1,100 crore

61. Vijaypat Singhania created aviation history in September 1988 by flying in his micro-light single engine aircraft from London to Ahmedabad. In how many days did he accomplish this feat?
(a) 23 (b) 21 (c) 19 (d) 17

14
MISCELLANY

1. 14 November in India is celebrated as:
(a) Navy Day (b) Children's Day (c) National Integration Day (d) Environment Day

2. Who founded the Arya Samaj in 1875?
(a) Lala Hans Raj (b) Swami Dayanand Saraswati (c) Swami Shradhdhananda (d) Vidyasagar

3. Dilwara is famous for its:
(a) Lakes (b) Monuments (c) Palaces (d) Wildlife sanctuaries

4. In which State is the *Bihu* festival celebrated?
(a) Orissa (b) Bihar (c) Assam (d) Madhya Pradesh

5. What is our national emblem?
(a) Tiger (b) Ashoka Pillar (c) Lotus (d) Galloping Horse

6. Which day in the country is observed as the Armed Forces Flag Day?
(a) 1 December (b) 7 December (c) 15 December (d) 21 December

7. Who introduced the Indianisation of Civil Services in the country?
(a) Lord Curzon (b) Lord Mayo (c) Lord Reading (d) Lord Lytton

8. The National Service Scheme (NSS) aims at involvement of college students on a voluntary and selective basis in programmes of social service and national development. When was it started?
(a) 1951 (b) 1969 (c) 1973 (d) 1978

9. What is India's national animal?
(a) Cow (b) Lion (c) Elephant (d) Tiger

10. When was the Chipko movement started

in the country?
(a) 1971 (b) 1973 (c) 1975 (d) 1977

11. The position of commodore is a rank in the:
(a) Air Force (b) Home Guard (c) Army (d) Navy

12. The *Antyodaya* programme aims at the upliftment of:
(a) Old and helpless (b) Harijans (c) Landless workers (d) Poorest of the poor

13. Who was the first Chief of the Air Staff?
(a) Lvelaw Chapman (b) S. Mukherjee (c) Gerald Gibbs (d) Thomas Elmhirst

14. When was the Central Administrative Tribunal (CAT) set up to provide speedy and inexpensive justice to the Central Government employees in their service matters?
(a) 1987 (b) 1985 (c) 1983 (d) 1981

15. Who succeeded S.H.F.J. Manekshaw as the Chief of the Army Staff?
(a) P.P. Kumaramangalam (b) T.N. Raina (c) G.G. Bewoor (d) O.P. Malhotra

16. Who founded the Servants of India Society?
(a) Gopalkrishna Gokhale (b) Mahatma Gandhi (c) Annie Besant (d) Motilal Nehru

17. The Medical Insurance Scheme, known as Mediclaim, was introduced with effect from:
(a) 1970 (b) 1975 (c) 1981 (d) 1986

18. The Kalinga Prize is awarded for:
(a) Popularisation of science through literature (b) Promotion of national integration (c) Outstanding contribution to literature (d) Promoting international peace and understanding

19. Where is the Defence Services Statt College located?
(a) Wellington (b) Hyderabad (c) Khadakvasla (d) Dehra Dun

20. The system of *Panchayati Raj*, generally a three-tier structure of local self-government, was introduced in:
(a) 1959 (b) 1958 (c) 1957 (d) 1956

21. When is the National Integration Day observed in the country?
(a) 14 November (b) 2 October (c) 31 October (d) 1 January

22. Where is the Khuda Bakhsh Oriental Public Library located?
(a) Aligarh (b) Patna (c) Hyderabad (d) Lucknow

23. Identify the number of refugees who came

to India from across the borders after Partition as per the 1951 Census.
(a) 53 lakh (b) 65 lakh (c) 73 lakh (d) 84 lakh

24. Which is India's first surface-to-surface missile?
(a) Agni (b) Prithvi (c) Akash (d) Trishul

25. In how many days did the *Samudra* circumnavigate the globe, travelling a distance of 50,000 km, while calling at 22 ports in 18 countries?
(a) 342 (b) 357 (c) 377 (d) 390

26. Which day is observed as the Army Day in the country?
(a) 15 January (b) 4 April (c) 5 September (d) 18 November

27. Three eminent Indians were the recipients of Bharat Ratna in 1955. Jawaharlal Nehru and M. Visvesvaraya were two of them. Who was the third?
(a) Bhagwan Das (b) C. Rajagopalachari (c) D.K. Karve (d) Govind Ballabh Pant

28. Which of the following Indian Presidents did not receive the Bharat Ratna?
(a) V.V. Giri (b) Rajendra Prasad (c) Zakir Husain (d) Fakhruddin Ali Ahmed

29. Which day is observed as Navy Day in the country?

(a) 14 November (b) 5 December (c) 20 December (d) 7 January

30. Rakesh Sharma is the first Indian to go into space. On which date did he achieve this distinction?
(a) 15 March 1984 (b) 3 April 1984 (c) 27 April 1984 (d) 4 May 1984

31. The *INS Magar*, built at Garden Reach Shipyard in Calcutta, is the first indigenous Landing Ship Tank. It has played a significant role in peace-keeping duties in Sri Lanka. When was it inducted into the Navy?
(a) 1984 (b) 1985 (c) 1986 (d) 1987

32. Ramakrishna Mission was founded in 1896 by:
(a) Ramakrishna Paramhansa (b) Swami Vivekananda (c) G.H. Deshmukh (d) Keshab Chandra Sen

33. The Theosophical Society has its headquarters at:
(a) Adyar (Madras) (b) Cochin (c) Varanasi (d) Madurai

34. Who was the first winner of Param Vir Chakra?
(a) Karan Singh (b) R.R. Rana (c) Piru Singh (d) Somnath Sharma

35. What is India's national bird?
(a) Eagle (b) Peacock (c) Parrot (d) Swan

36. The rank of Lieutenant Commander in the Navy is equivalent to which rank in the Air Force?
(a) Squadron Leader (b) Flight Lieutenant (c) Group Captain (d) Wing Commander

37. How many Commands are there in the Indian Army?
(a) Four (b) Five (c) Six (d) Seven

38. The Air Force Administrative College is located at:
(a) Bombay (b) Hyderabad (c) Bangalore (d) Coimbatore

39. The Territorial Army is a citizens' volunteer force. In which year was it established?
(a) 1951 (b) 1950 (c) 1949 (d) 1948

40. The Border Security Force is charged with the task of maintaining permanent vigilance on India's international border. When was it raised?
(a) 1965 (b) 1963 (c) 1961 (d) 1955

41. Where is the present location of the Sardar Vallabhbhai Patel National Police Academy?
(a) Mount Abu (b) Hyderabad (c) Nagpur (d) Bhopal

42. The National Fire Service College is located at:

(a) Nagpur (b) Delhi (c) Bombay (d) Ahmedabad

43. When was the Central Bureau of Investigation formed?
(a) 1961 (b) 1962 (c) 1963 (d) 1964

44. The Home Guards, a voluntary force, was first raised in the country in:
(a) 1946 (b) 1950 (c) 1956 (d) 1961

45. What is the maximum age limit for entry into the Indian Army?
(a) 22 years (b) 23 years (c) 24 years (d) 25 years

46. On which day in 1984 did the Bhopal gas tragedy, the worst industrial accident in the history of the world, occur?
(a) 4 November (b) 20 November (c) 3 December (d) 15 December

47. When did the Indian Peace Keeping Force (IPKF) first land on Sri Lankan soil?
(a) 10 June 1987 (b) 5 July 1987 (c) 30 July 1987 (d) 7 August 1987

48. Where was the 1989 Kumbha Mela held?
(a) Ujjain (b) Prayag (c) Nasik (d) Haridwar

49. In which year was decimal coinage introduced in the country?
(a) 1957 (b) 1955 (c) 1953 (d) 1951

50. When was the Housing and Urban Development Corporation (HUDCO) incorporated to ameliorate the housing conditions of low income and weaker sections?
(a) 1970 (b) 1972 (c) 1975 (d) 1980

51. When was the Community Development Programme launched in the country?
(a) 1950 (b) 1952 (c) 1954 (d) 1956

52. Who started the Shuddhi Movement?
(a) Raja Rammohun Roy (b) Swami Shradhdhanand (c) Ramkrishna Paramhansa (d) Swami Dayanand

53. Which day is observed as the martyrdom day of Shaheed Bhagat Singh, Sukhdev and Rajguru, the three great revolutionary freedom fighters?
(a) 15 March (b) 23 March (c) 4 April (d) 21 April

54. Which of the following is located at New Delhi?
(a) Institute for the Physically Handicapped (b) National Institute for the Mentally Handicapped (c) National Institute for the Visually Handicapped (d) National Institute for the Rehabilitation, Training and Research

55. The Ganga Flood Control was set up in

1972 to prepare a comprehensive plan for flood control in the Ganga basin. Where has it been established?
(a) Allahabad (b) Patna (c) Varanasi (d) Kanpur

56. When was Life Insurance Corporation of India (LIC) established to spread the message of Life Insurance and mobilise people's savings for national building activities?
(a) 1951 (b) 1954 (c) 1956 (d) 1960

57. The Security Printing Press prints postal stationery and other security forms in the country. Where is it located?
(a) Bombay (b) Calcutta (c) Nasik (d) Hyderabad

58. National Sample Survey (NSS) conducts large-scale surveys for national income estimation and policy formulation. When was it set up?
(a) 1948 (b) 1950 (c) 1952 (d) 1954

59. During which Plan was the Minimum Needs Programme introduced in the country?
(a) Fifth Plan (b) Fourth Plan (c) Third Plan (d) Second Plan

60. When was the Dowry Prohibition Act, 1961, amended to make the provisions of the Act more stringent and effective?

(a) 1987 (b) 1986 (c) 1985 (d) 1984

61. On whom was Bharat Ratna, the nation's highest honour, conferred posthumously in 1990?
(a) Jagjivan Ram (b) B.R. Ambedkar (c) Abul Kalam Azad (d) Fakhruddin Ali Ahmed

62. Identify India's first woman Supreme Court judge.
(a) Fathima Beevi (b) Leila Seth (c) Sunanda Bhandare (d) Chandravati

63. Neerja Mishra, who died in the Pan Am hijacking to Karachi in January 1987, became the first woman to win:
(a) Ashok Chakra (b) Param Vir Chakra (c) Kirti Chakra (d) Shaurya Chakra

15
PHOTO QUIZ

1. Identify this Stupa which is the most completely preserved one. This dates from the third to the first century BC.

2. This is one of the earliest Muslim buildings in the country. Can you identify the building? Who built it?

3. This is a sixteenth century building which

is considered to be an outstanding example of the Qutbshahi period. Identify the building and the place where it is located.

4. Can you identify this temple and its location?

5. Identify this marble tomb and also give the name of its builder.

6. This is the interior of a famous temple of the South. Give the name of the temple and its location.

7. Identify this Buddha Vihar and its location.

8. Can you identify this tomb and the place where it is located?

9. Can you name this five-tiered building of arches and spires, made up of small casements with a window. Where is it located?

10. Which building is this and where is it located?

11. Can you identify this old fort?

12. He led the first Hindu response to Western civilization and focused attention on those parts of Vedas which stressed faith in one Supreme Being. Who was he?

13. Can you identify this famous palace and give its location?

14. What is the name of this musical instrument?

15. Give the name of this great Indian physicist who played a very vital and pioneering role in the development of nuclear programme in the country.

16. He is one of the greatest Indian writers of non-fiction in English. Identify him.

17. He is considered to be the founder of the modern Hindi novel and short story. Identify him.

18. Can you identify this structure and its location? Who built it?

19. He was the founder of the Muhammadan Anglo-Oriental College at Aligarh. Identify him.

20. He was an outstanding representative of the school of militant nationalism in the country. Identify him.

21. Interested in nature conservation from an early age, he was awarded the Padma Vibhusan for his continued distinction in ornithology. Identify him.

22. Identify this well-known dancer in a pose from the Odissi form of classical Indian dance.

23. Identify this great freedom fighter who dominated over the Congress Party organisation in the early years after Independence.

24. Identify this church and its location.

25. Which palace is it? Where is it located?

26. Can you identify this building and its location?

27. This is a famous hotel of southern India. Give its name and place of location.

28. Which church is this? Give its location.

29. Which building is this and where is it located?

30. Which temple is this and where is it located?

31. Identify this temple and its location.

32. Identify these two great stars of the Indian cinema.

33. On the walls of which temple are these sculptures to be found. Also identify its location.

34. Identify the trophies.

35. Identify the two well-known wrestlers of the country.

1

2

3

4

5

6

7

8

9

10

11

12

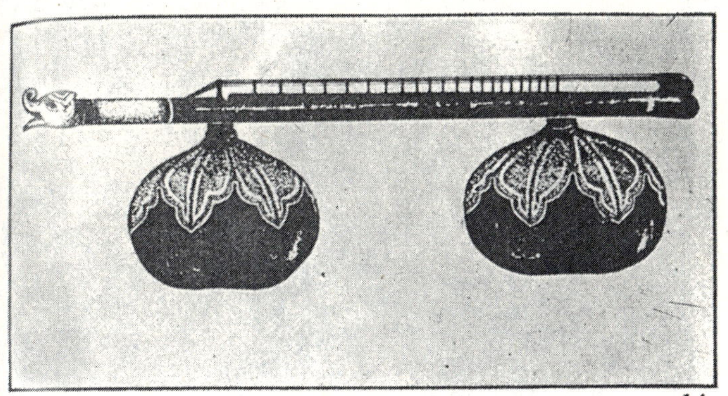

14

15

16

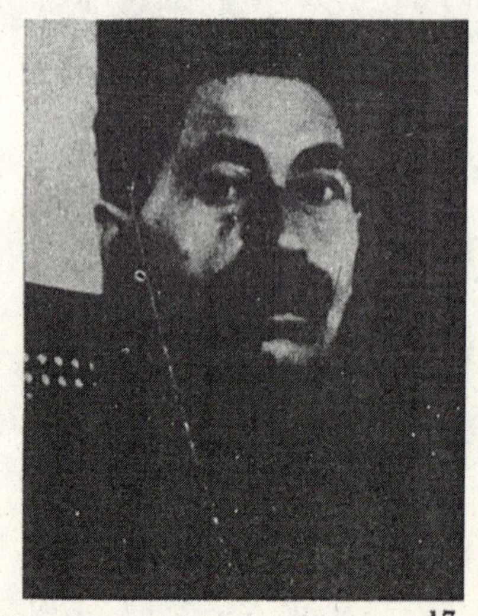

17

18

19

20

21

22

23

24

25

26

27

28

29

30

31

32

33

34

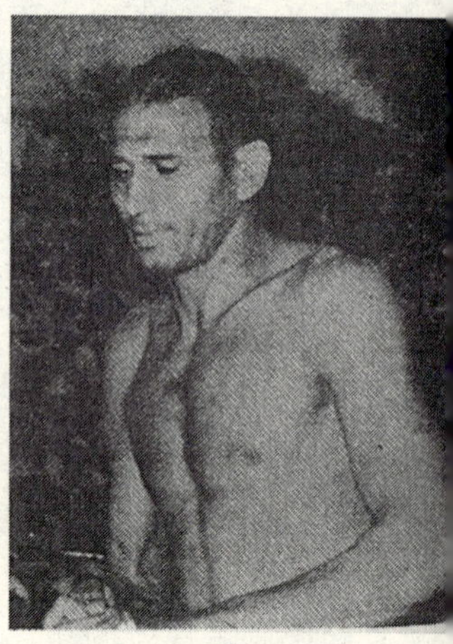

35

ANSWERS

1
Environment and Resources

1. (c)	2. (b)	3. (c)	4. (a)	5. (b)	6. (b)
7. (b)	8. (a)	9. (c)	10. (b)	11. (b)	12. (b)
13. (b)	14. (a)	15. (c)	16. (d)	17. (d)	18. (d)
19. (b)	20. (a)	21. (c)	22. (a)	23. (b)	24. (a)
25. (a)	26. (b)	27. (c)	28. (b)	29. (c)	30. (c)
31. (b)	32. (a)	33. (c)	34. (b)	35. (b)	36. (d)
37. (b)	38. (a)	39. (d)	40. (a)	41. (b)	42. (d)
43. (a)	44. (d)	45. (b)	46. (a)	47. (c)	48. (c)
49. (a)	50. (a)	51. (a)	52. (d)	53. (b)	54. (c)
55. (d)	56. (a)	57. (d)	58. (a)	59. (c)	60. (b)

2
Population and Manpower

1. (c)	2. (b)	3. (d)	4. (c)	5. (b)	6. (a)
7. (d)	8. (b)	9. (a)	10. (b)	11. (c)	12. (c)
13. (b)	14. (b)	15. (a)	16. (c)	17. (a)	18. (b)
19. (b)	20. (b)	21. (c)	22. (a)	23. (c)	24. (c)
25. (d)	26. (b)	27. (a)	28. (d)	29. (c)	30. (c)
31. (c)	32. (d)	33. (c)	34. (a)	35. (b)	36. (a)
37. (d)	38. (b)	39. (a)	40. (b)	41. (c)	42. (a)
43. (b)	44. (b)	45. (b)	46. (c)	47. (b)	48. (b)
49. (b)	50. (b)	51. (a)	52. (c)	53. (b)	54. (b)
55. (c)	56. (b)	57. (b)	58. (a)	59. (c)	60. (c)
61. (d)	62. (d)	63. (a)	64. (a)	65. (d)	66. (b)
67. (a)	68. (b)	69. (b)	70. (b)	71. (d)	72. (a)
73. (c)	74. (b)	75. (b)			

3
Mythology and Religion

1. (d)	2. (b)	3. (c)	4. (c)	5. (a)	6. (c)
7. (d)	8. (a)	9. (c)	10. (b)	11. (a)	12. (b)
13. (b)	14. (c)	15. (a)	16. (c)	17. (c)	18. (c)
19. (d)	20. (b)	21. (b)	22. (a)	23. (a)	24. (b)
25. (b)	26. (b)	27. (d)	28. (c)	29. (a)	30. (c)
31. (b)	32. (d)	33. (a)	34. (d)	35. (c)	36. (b)
37. (a)	38. (c)	39. (d)	40. (b)	41. (d)	42. (c)
43. (a)	44. (a)	45. (d)	46. (b)	47 (a)	48. (b)
49. (c)	50. (c)	51. (b)	52. (b)	53. (b)	54. (d)
55. (d)	56. (b)	57. (a)	58. (b)	59. (d)	60. (c)
61. (b)	62. (c)	63. (a)	64. (a)	65. (d)	66. (a)
67. (b)	68. (d)	69. (a)	70. (b)	71. (b)	72. (c)
73. (d)	74. (b)	75. (c)	76. (d)	77. (c)	78. (a)
79. (b)	80. (c)	81. (b)	82. (a)	83. (c)	84. (c)
85. (a)					

4
History and Culture

1. (a)	2. (b)	3. (b)	4. (b)	5. (d)	6. (b)
7. (a)	8. (a)	9. (a)	10. (d)	11. (a)	12. (c)
13. (b)	14. (c)	15. (b)	16. (c)	17. (a)	18. (c)
19. (d)	20. (a)	21. (b)	22. (d)	23. (c)	24. (b)
25. (a)	26. (b)	27. (c)	28. (a)	29. (a)	30. (c)
31. (b)	32. (b)	33. (c)	34. (d)	35. (b)	36. (d)
37. (b)	38. (b)	39. (b)	40. (b)	41. (c)	42. (c)
43. (b)	44. (d)	45. (c)	46. (a)	47. (d)	48. (a)
49. (a)	50. (a)	51. (b)	52. (a)	53. (c)	54. (a)

55. (b) 56. (b) 57. (c) 58. (b) 59. (a) 60. (b)
61. (b) 62. (b) 63. (d) 64. (c) 65. (a) 66. (a)
67. (b) 68. (b) 69. (c) 70. (b) 71. (c) 72. (b)
73. (b) 74. (a) 75. (c) 76. (c) 77. (b) 78. (a)
79. (d) 80. (b)

5
Economic Framework

1. (c) 2. (a) 3. (c) 4. (a) 5. (c) 6. (b)
7. (b) 8. (d) 9. (d) 10. (b) 11. (a) 12. (a)
13. (b) 14. (b) 15. (d) 16. (a) 17. (b) 18. (c)
19. (a) 20. (a) 21. (c) 22. (c) 23. (d) 24. (a)
25. (d) 26. (c) 27. (b) 28. (a) 29. (b) 30. (b)
31. (c) 32. (b) 33. (a) 34. (d) 35. (a) 36. (b)
37. (a) 38. (b) 39. (b) 40. (c) 41. (b) 42. (c)
43. (a) 44. (d) 45. (b) 46. (a) 47. (c) 48. (b)
49. (d) 50. (a) 51. (c) 52. (a) 53. (b) 54. (b)
55. (b) 56. (a) 57. (b) 58. (b) 59. (a) 60. (a)
61. (b) 62. (c) 63. (d) 64. (c) 65. (b) 66. (a)
67. (a) 68. (c) 69. (d) 70. (a) 71. (b) 72. (a)
73. (b) 74. (a) 75. (c) 76. (c) 77. (b) 78. (a)
79. (b) 80. (b) 81. (a) 82. (c) 83. (d) 84. (a)
85. (b) 86. (c)

6
Transport and Communication

1. (b) 2. (d) 3. (d) 4. (b) 5. (a) 6. (b)
7. (c) 8. (b) 9. (b) 10. (a) 11. (b) 12. (a)
13. (b) 14. (b) 15. (d) 16. (d) 17. (b) 18. (a)

19. (d)	20. (d)	21. (a)	22. (b)	23. (c)	24. (b)
25. (d)	26. (b)	27. (c)	28. (a)	29. (c)	30. (a)
31. (d)	32. (c)	33. (d)	34. (c)	35. (a)	36. (d)
37. (a)	38. (c)	39. (b)	40. (b)	41. (a)	42. (d)
43. (b)	44. (d)	45. (a)	46. (a)	47. (b)	48. (a)
49. (a)	50. (a)	51. (a)	52. (b)	53. (c)	54. (b)
55. (c)	56. (c)	57. (b)	58. (a)	59. (a)	60. (b)
61. (a)	62. (c)	63. (b)	64. (c)	65. (c)	66. (b)
67. (c)	68. (a)	69. (b)	70. (b)	71. (a)	72. (c)
73. (a)	74. (b)	75. (b)			

7
Education and Health

1. (b)	2. (c)	3. (b)	4. (c)	5. (d)	6. (a)
7. (b)	8. (a)	9. (c)	10. (d)	11. (b)	12. (b)
13. (a)	14. (b)	15. (b)	16. (a)	17. (d)	18. (b)
19. (c)	20. (d)	21. (c)	22. (d)	23. (c)	24. (d)
25. (a)	26. (b)	27. (d)	28. (a)	29. (d)	30. (a)
31. (c)	32. (d)	33. (d)	34. (a)	35. (b)	36. (a)
37. (d)	38. (c)	39. (a)	40. (a)	41. (c)	42. (b)
43. (c)	44. (c)	45. (b)	46. (a)	47. (d)	48. (b)
49. (a)	50. (b)	51. (a)	52. (d)	53. (b)	54. (c)
55. (a)	56. (b)	57. (d)	58. (b)	59. (a)	60. (c)

8
Freedom Struggle and After

1. (b)	2. (b)	3. (d)	4. (b)	5. (d)	6. (c)
7. (b)	8. (d)	9. (b)	10. (c)	11. (a)	12. (b)
13. (a)	14. (b)	15. (c)	16. (b)	17. (a)	18. (a)

19. (d) 20. (b) 21. (b) 22. (d) 23. (c) 24. (b)
25. (b) 26. (b) 27. (b) 28. (b) 29. (c) 30. (c)
31. (a) 32. (b) 33. (b) 34. (d) 35. (b) 36. (d)
37. (a) 38. (a) 39. (a) 40. (d) 41. (b) 42. (c)
43. (b) 44. (a) 45. (b) 46. (b) 47. (c) 48. (a)
49. (b) 50. (b) 51. (a) 52. (b) 53. (a) 54. (c)
55. (c) 56. (d) 57. (d) 58. (b) 59. (c) 60. (b)
61. (c) 62. (a) 63. (a) 64. (c) 65. (b) 66. (b)
67. (b) 68. (c) 69. (d) 70. (a) 71. (a) 72. (b)
73. (a) 74. (d) 75. (b) 76. (a)

9
Government and Constitution

1. (a) 2. (d) 3. (c) 4. (d) 5. (b) 6. (b)
7. (b) 8. (d) 9. (c) 10. (b) 11. (d) 12. (c)
13. (d) 14. (d) 15. (d) 16. (b) 17. (b) 18. (a)
19. (c) 20. (a) 21. (b) 22. (b) 23. (a) 24. (d)
25. (a) 26. (b) 27. (c) 28. (d) 29. (b) 30. (b)
31. (d) 32. (c) 33. (c) 34. (b) 35. (a) 36. (c)
37. (c) 38. (a) 39. (b) 40. (d) 41. (b) 42. (a)
43. (d) 44. (a) 45. (d) 46. (d) 47. (b) 48. (b)
49. (a) 50. (b) 51. (d) 52. (b) 53. (b) 54. (c)
55. (b) 56. (c) 57. (b) 58. (b) 59. (b) 60. (b)
61. (c)

10
Literature

1. (b) 2. (d) 3. (c) 4. (b) 5. (d) 6. (c)
7. (b) 8. (a) 9. (d) 10. (c) 11. (a) 12. (d)

13. (d)	14. (b)	15. (c)	16. (b)	17. (c)	18. (d)
19. (a)	20. (b)	21. (b)	22. (d)	23. (b)	24. (b)
25. (d)	26. (a)	27. (d)	28. (c)	29. (a)	30. (d)
31. (c)	32. (c)	33. (c)	34. (b)	35. (a)	36. (a)
37. (c)	38. (b)	39. (d)	40. (a)	41. (c)	42. (b)
43. (b)	44. (b)	45. (a)	46. (b)	47. (b)	48. (b)
49. (a)	50. (d)	51. (b)	52. (a)	53. (d)	54. (a)
55. (c)	56. (b)	57. (b)	58. (c)	59. (d)	60. (d)
61. (b)	62. (c)	63. (a)	64. (d)	65. (a)	

11
Science and Technology

1. (c)	2. (b)	3. (d)	4. (a)	5. (a)	6. (b)
7. (d)	8. (c)	9. (b)	10. (b)	11. (a)	12. (b)
13. (b)	14. (a)	15. (b)	16. (b)	17. (a)	18. (b)
19. (a)	20. (b)	21. (b)	22. (c)	23. (a)	24. (b)
25. (a)	26. (a)	27. (a)	28. (a)	29. (b)	30. (a)
31. (a)	32. (c)	33. (a)	34. (a)	35. (c)	36. (b)
37. (a)	38. (b)	39. (c)	40. (b)	41. (a)	42. (a)
43. (b)	44. (b)	45. (c)	46. (b)	47. (a)	48. (c)
49. (c)	50. (d)	51. (b)	52. (a)	53. (c)	54. (d)
55. (b)	56. (a)	57. (d)	58. (c)	59. (c)	60. (a)
61. (b)	62. (a)	63. (c)	64. (b)	65. (d)	

12
Arts and Entertainment

1. (b)	2. (c)	3. (d)	4. (b)	5. (d)	6. (c)
7. (a)	8. (b)	9. (b)	10. (b)	11. (a)	12. (b)
13. (a)	14. (b)	15. (b)	16. (d)	17. (a)	18. (a)

19. (b)	20. (c)	21. (a)	22. (a)	23. (c)	24. (b)
25. (b)	26. (a)	27. (c)	28. (c)	29. (a)	30. (a)
31. (c)	32. (b)	33. (c)	34. (c)	35. (d)	36. (c)
37. (b)	38. (a)	39. (c)	40. (b)	41. (c)	42. (b)
43. (b)	44. (d)	45. (a)	46. (b)	47. (a)	48. (c)
49. (d)	50. (b)	51. (a)	52. (b)	53. (a)	54. (a)
55. (a)	56. (b)	57. (b)	58. (d)	59. (b)	60. (a)
61. (b)	62. (a)	63. (a)	64. (a)	65. (b)	66. (d)
67. (b)	68. (c)	69. (c)	70. (d)	71. (c)	72. (c)
73. (b)	74. (a)	75. (c)	76. (a)	77. (b)	78. (a)
79. (b)	80. (b)				

13
Sports

1. (b)	2. (a)	3. (c)	4. (d)	5. (b)	6. (a)
7. (b)	8. (c)	9. (b)	10. (d)	11. (b)	12. (a)
13. (a)	14. (b)	15. (b)	16. (b)	17. (a)	18. (a)
19. (c)	20. (b)	21. (a)	22. (c)	23. (a)	24. (b)
25. (a)	26. (a)	27. (d)	28. (b)	29. (c)	30. (b)
31. (b)	32. (d)	33. (b)	34. (a)	35. (b)	36. (c)
37. (a)	38. (b)	39. (a)	40. (a)	41. (a)	42. (c)
43. (c)	44. (b)	45. (c)	46. (c)	47. (d)	48. (d)
49. (a)	50. (d)	51. (a)	52. (d)	53. (a)	54. (a)
55. (d)	56. (c)	57. (c)	58. (a)	59. (d)	60. (b)
61. (b)					

14
Miscellany

1. (b)	2. (b)	3. (b)	4. (a)	5. (b)	6. (b)
7. (d)	8. (b)	9. (d)	10. (b)	11. (d)	12. (d)

13. (d)	14. (b)	15. (c)	16. (a)	17. (d)	18. (a)
19. (a)	20. (a)	21. (b)	22. (b)	23. (c)	24. (b)
25. (c)	26. (a)	27. (a)	28. (d)	29. (b)	30. (b)
31. (d)	32. (b)	33. (a)	34. (d)	35. (b)	36. (a)
37. (b)	38. (d)	39. (c)	40. (a)	41. (b)	42. (a)
43. (c)	44. (a)	45. (d)	46. (c)	47. (c)	48. (b)
49. (a)	50. (a)	51. (b)	52. (b)	53. (b)	54. (a)
55. (b)	56. (c)	57. (d)	58. (b)	59. (a)	60. (b)
61. (b)	62. (a)	63. (a)			

15
Photo Quiz

1. The Stupa at Sanchi
2. Jahaz Mahal (Ship Palace), built by Muhmmad Shah at Mandu
3. Charminar, Hyderabad
4. Lingaraj Temple at Bhubaneswar
5. The tomb of the Sufi saint, Sheikh Salim Chisti, built by Akbar in 1572.
6. Meenakshi Temple at Madurai
7. Mulagandhakut Vihar near Sarnath, Varanasi
8. Tomb of Ghiyas-ud-din Tughlak, outside Delhi
9. Hawa Mahal, near the City Palace, Jaipur
10. Charles Mant's Palace at Kolhapur
11. The ancient hill fort of Gwalior
12. Raja Rammohun Roy
13. The Lake Palace at Udaipur
14. Rudra Vina

15. H.J. Bhabha
16. Nirad C. Chaudhuri
17. Prem Chand
18. Jantar Mantar, Jaipur, built by Raja Sawai Jai Singh II
19. Sayyid Ahmed Khan
20. Bal Gangadhar Tilak, popularly known as Lokmanya Tilak
21. Salim Ali
22. Indrani Rahman
23. Sardar Vallabhbhai Patel
24. St., Paul's Cathedral, Calcutta
25. Lakshmi Vilas Palace at Vadodara
26. Bibi Ka Maqbara at Aurangabad
27. Lalitha Mahal Palace Hotel, Mysore
28. Christ Church, Shimla
29. Mutiny Memorial, Delhi
30. Lakshmi Narayan Temple, New Delhi
31. Mahabodhi Temple, Bodhgaya
32. Nargis and Raj Kapoor
33. Kandariya Mahadeva Temple, Khajuraho
34. Duleep Trophy and Ranji Trophy
35. Sat Pal and Chandgi Ram